『タイスの魔剣士』

マーロールがにっと赤いくちびるをゆがめてさらに明瞭に笑った。(289ページ参照)

ハヤカワ文庫 JA
〈JA872〉

グイン・サーガ(111)

タイスの魔剣士

栗本 薫

早川書房
5989

THE FIENDISH FENCER

by

Kaoru Kurimoto

2006

カバー／口絵／插絵

丹野　忍

目次

タイスの四剣士頌

青の剣士は海の如く深く戦う。
赤の剣士は炎の如く激しく戦う。
黒の剣士は闇の如くひそやかに襲いかかる。
そして白の剣士は……乳色の霧の如く、敵を包み溶かしてしまうそうだ……

――タイスの吟遊詩人の歌より

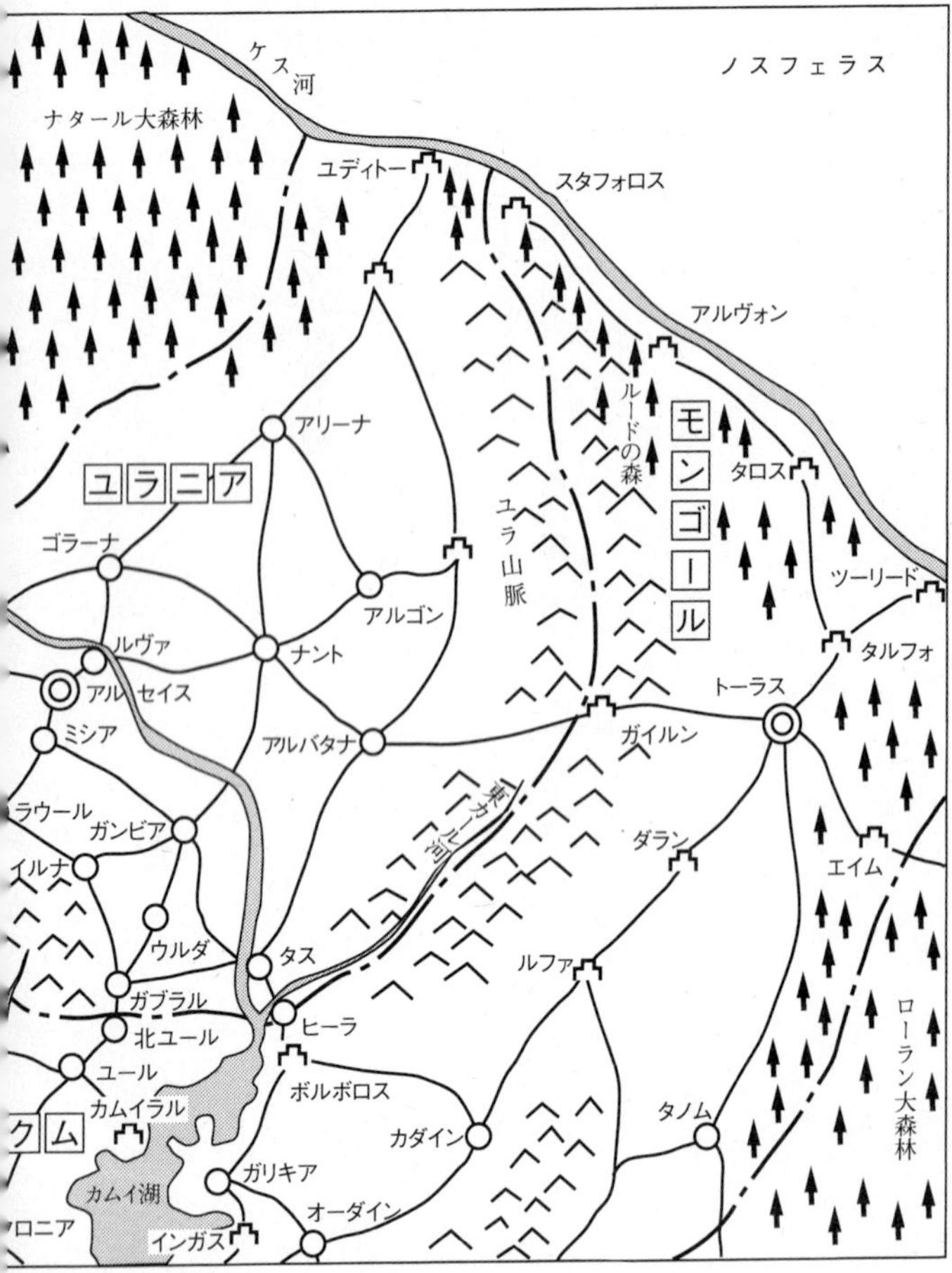
ケス河
ノスフェラス
ナタール大森林
ユディトー
スタフォロス
アルヴォン
ルードの森
モンゴール
ユラニア
アリーナ
タロス
ユラ山脈
ゴラーナ
アルゴン
ツーリード
ルヴァ
ナント
タルフォ
アルセイス
トーラス
ミシア
アルバタナ
ガイルン
東カール河
ラウール
ガンビア
ダラン
エイム
イルナ
ウルダ
タス
ルファ
ガブラル
ヒーラ
ローラン大森林
北ユール
ボルボロス
ユール
カムイラル
クム
タノム
カダイン
ガリキア
カムイ湖
オーダイン
ロニア
インガス

〔中原拡大図〕

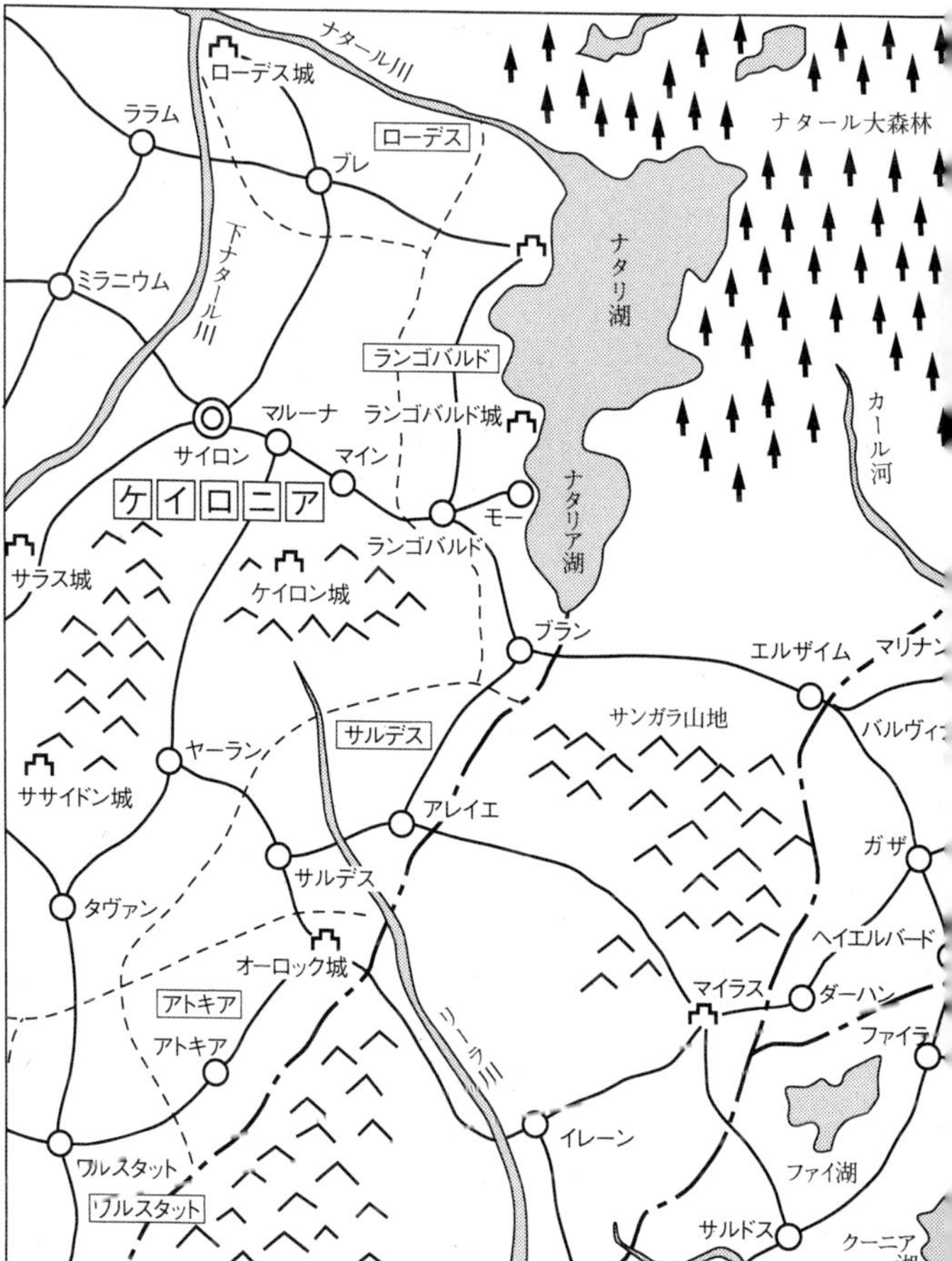
ナタール川
ローデス城
ララム
ローデス
ブレ
ナタール大森林
ナタリ湖
下ナタール川
ミラニウム
ランゴバルド
ランゴバルド城
マルーナ
サイロン
マイン
ケイロニア
モー
ナタリア湖
カール河
ランゴバルド
サラス城
ケイロン城
ブラン
エルザイム
マリナン
サンガラ山地
サルデス
バルヴィ
ヤーラン
ササイドン城
アレイエ
ガザ
サルデス
タヴァン
ヘイエルバード
オーロック城
マイラス
ダーハン
アトキア
ファイラ
アトキア
イレーン
ワルスタット
ファイ湖
ワルスタット
サルドス
クーニア湖

〔中原拡大図〕

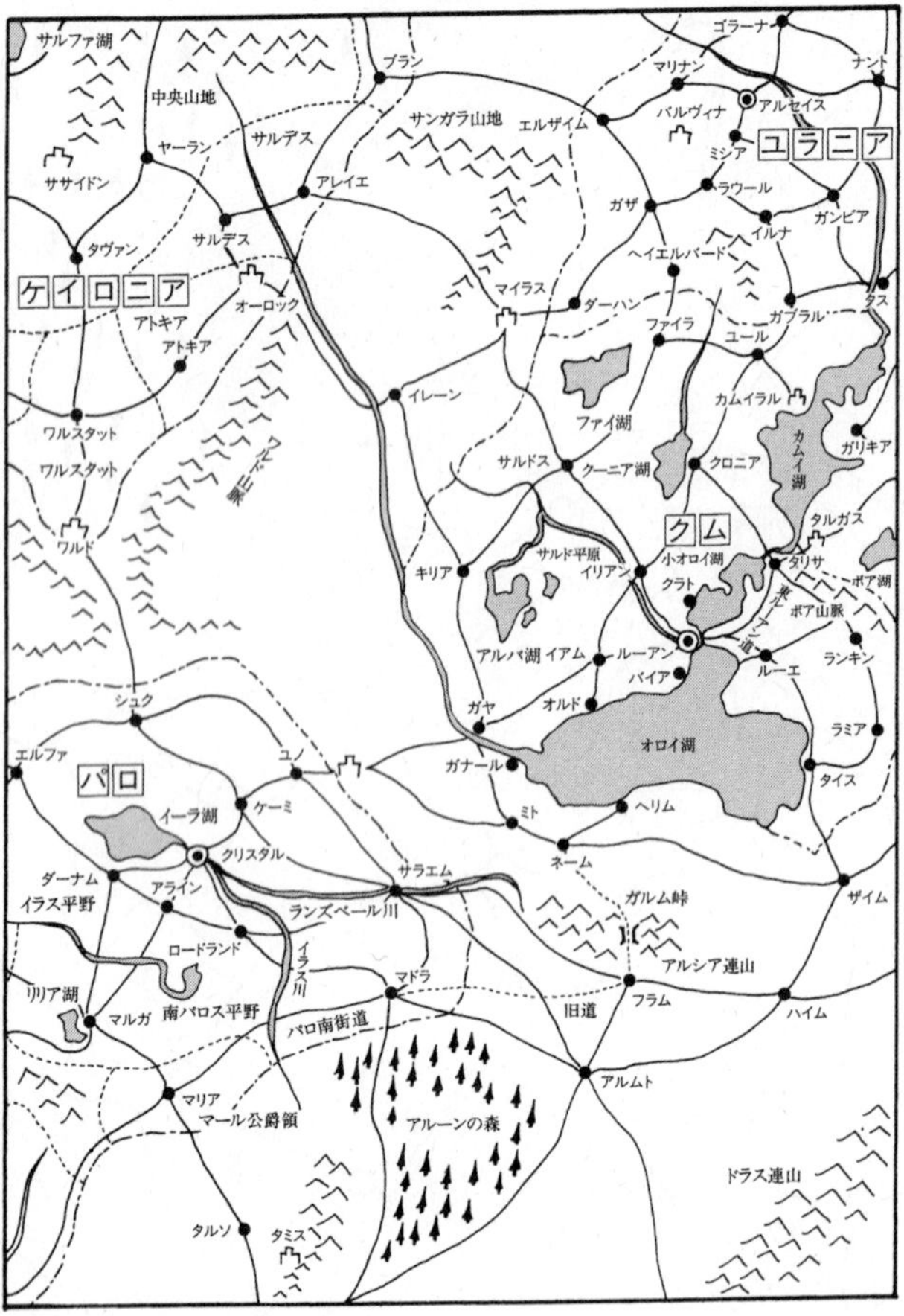

サルファ湖
中央山地
ヤーラン
ササイドン
サルデス
アレイエ
ブラン
サンガラ山地
エルザイム
ゴラーナ
ナント
マリナン
バルヴィナ
アルセイス
ユラニア
ミシア
ラウール
ガザ
イルナ
ガンビア
ヘイエルバード
タヴァン
サルデス
ケイロニア
オーロック
マイラス
ダーハン
ファイラ
ガブラル
タス
ユール
アトキア
アトキア
イレーン
カムイラル
ファイ湖
カムイ湖
ガリキア
ワルスタット
ワルスタット
ワルド山脈
サルドス
クーニア湖
クロニア
クム
タルガス
ワルド
サルド平原
小オロイ湖
タリサ
ボア湖
キリア
イリアン
クラト
東ルーアン道
ボア山脈
アルバ湖
イアム
ルーアン
バイア
ルーエ
ランキン
ガヤ
オルド
シュク
ラミア
エルファ
オロイ湖
パロ
ユノ
ガナール
タイス
ケーミ
イーラ湖
ヘリム
ミト
クリスタル
ネーム
ダーナム
サラエム
ザイム
イラス平野
アライン
ガルム峠
ランズベール川
ロードランド
イラス川
アルシア連山
リリア湖
マドラ
フラム
マルガ
南パロス平野
旧道
ハイム
パロ南街道
アルムト
マリア
マール公爵領
アルーンの森
ドラス連山
タルソ
タミス

タイスの魔剣士

登場人物

グイン……………………………………………ケイロニア王
マリウス…………………………………………吟遊詩人
リギア……………………………………………聖騎士伯。ルナンの娘
フロリー…………………………………………アムネリスの元侍女
スーティ…………………………………………フロリーの息子
スイラン…………………………………………傭兵
ロウ・ガン
ガン・オー
モータル
コー・ダン
ドーカス・ドルエン
ガドス
ゴン・ゾー
マーロール
（以上）……………………………………………剣闘士
タイ・ソン………………………………………タイス伯爵

第一話　闘技場

1

「これは、どうしたらいいんでしょうね……グイン、いや、グンド」

　とりあえず控え室でタイス伯爵タイ・ソン閣下のお食事が終わるまで待っていよ、と命じられて、三人は小さな控え室に連れてゆかれた。リギアは困惑しきった顔で、グインに囁いた。

「これはどうもなかなかとんでもない成り行きだわ。私だって、大変ですけれど、あなたは……」

「………」

　グインは、黙っていた。そのトパーズ色の目は何を考えているのか、鋭い光を湛えている。

「こうなる前にとっととタイスから退散すべきだったんだ」

にがい顔をしてスイランが云った。

「おらあイヤだぜ。用もないのに殺し合いなんて——いくら傭兵くずれだって、わけもねえ人殺しなんざごめんだ。——といったところで、戦わなけりゃあこっちが殺られる。どうも、困ったことになったもんだな、グンドの兄貴」

「ああ」

またしても、グインは重々しくそう云っただけだった。

「あんたは、戦うつもりか」

スイランが追及した。グインはしばらく黙っていたが、ぼそりと云った。

「まあ、仕方もなかろう。おめおめと殺されるわけにもゆかん。が、殺すところまでゆかずとも、戦って、勝てばよいのだろう」

「あんたはな。それでいいさ。確かに剣闘士のおきてでは、剣を投げて『参った』と叫んで地面に手をつけば、その相手は殺さなくてもいいことになっている。だが、そこで止められるのは——あんたみたいに本当に強いやつはいいが、俺やリナさん程度だったら、時には、本当に相手を殺しちまわなくちゃ、戦いを止めさせることができない場合だって多いと思うぞ」

「どうしましょう。それに万一……」

リギアはふいにあたりを見回した。

「スイラン。すまないけど、ちょっとその扉のところで見張りをしてよ。なんだか外で足音がするわ」

「あいよ」

スイランが扉のほうへゆく。リギアはすばやくグインを窓際の、ひそひそ声で話せばスイランに聞かれないだろうというところまで引っ張っていった。

「どうするおつもりです？　あなたはきっと勝ち進んでしまいますわ。だってそれは当然でしょう、この世にあなたより強い戦士はいないんですから。でも、そうやって勝ち抜いていったら、そのうちに、あなたがまさかと思った本物の豹頭王にまぎれもないのではないかというわさが立ってしまいますわよ」

「しッ。スイランに聞こえる」

「これだけ声をひそめていれば大丈夫ですよ。第一あのタイス伯爵は、水神祭りになったらルーアンのガンダルを連れて、タリク大公がこのタイスに訪れると云いました。そうなったら大変ではありませんの？」

「それは確かにそうだ。だが、いま、ここを切り抜けてタイスを出るのはなかなかなみたいていのことではないな」

「というか、それは不可能に近いというものですわ。だって相手はタイス騎士団、いったい何千人いると思われます？　それに対してこっちはたった三人、しかもまったく戦闘の戦力にならぬばかりか、むしろ逆にひどく邪魔になるような三人のおまけまでついているんだから」

「……」

「といってもちろん、マリウスやフロリー、それにスーティをおいてゆくわけにはゆきませんし、そんなおつもりはないでしょう。とすると、もしなんとかタイスを逃げ出すとしても、それは本当に大変なことになってしまいます。どうも……本当に困ったはめに陥ったものですわね」

「確かにな。だが、まあ、正直いってよほど強い者が出てこないかぎりは、俺はなんとか、全力を出さずとも切り抜けられるだろう、とは思っているのだが——問題は、その、うわさに高いクムの剣闘士王、ガンダルがどの程度強いかだな。——ウム、それには興味のないこともない」

「まあッ」

驚いたあまり、リギアは目を見開いてしばらく茫然とした。それから、憤慨しながら云った。

「それじゃ、あなたはガンダルと手合わせしてみることにまんざら興味がないわけじゃないってことなんですね。それだから、タイスを脱出することに、あまり真剣になれなかったんですね。まあッ、男ってどうしてこうしようがないんだろう。あなたでさえ、そうなんですね。強い相手ときくと戦ってみたくなるんでしょう。本当にもう、どうしてこうなのかしら、まったく」

「まあ、そういうな」

グインは苦笑した。

「べつだん、おのれが世界最強の戦士であるのかどうか試したい、などと思っているというわけではないが、世界一といわれている男に興味がないわけではない。しかし、その戦いをしたいあまり、こうして皆を窮地に落としこむようななりゆきになってしまった、というわけではないぞ。これは、お前とてもずっとともにいたのだからわかるだろうが、どれもこれも、やむを得ぬなりゆきだった。あのルーエで伯爵の迎えがきてしまったときに逃亡を決行するか、それともタイスに入ってからか、それともその水神祭りというのがはじまってからにするか——どれもこれも、あまり結果としては変わらぬような気が俺はするぞ。しょせん、タイスからなんとしてでも脱出しなくてはならぬのだとするとな。どの時点でその脱出をこころみるにしたところで、かなり難儀なことになるのはやむをえまい」

「注目度が高くなればなるほどそれは大変になりますよ」

もう、スイランにきかれるのをおそれる必要もなかったので、リギアは声を高くした。

「あとになればなるほど、タイス伯爵は——あなたがどんどん勝ち抜いていってしまったら、それこそあなたを宝物のように思って大事に見張りをつけ、下にも置かぬようにするでしょうし、それに、あなたはタイスの市民や水神祭りにきた大勢の客たちの前で、ケイロニアの豹頭王グインそっくりだ、といって騒がれることになるんですよ。そうしたらいずれはそのうわさはケイロニアにも届いてしまいますよ。そうしたらそんなうわさは放置しておくわけにはゆかぬ、といってケイロニアからも調査団が派遣され、そして……」

「そして、クムとケイロニアの国際問題にでもなれば、我々もうまくゆけばそのまま釈放されるか、追放されぬものでもないと思うぞ、リナ」

グインは云った。リギアはきくなり大きく鼻をならした。

「そんなふうにうまい具合に運ぶものですか。それどころか、ケイロニアとクムがこの問題がこじれて戦争でもはじめようものなら、その焦点として、地下牢にでも入れられてしまいかねませんよッ。ほらあのおそろしい伝説のタイスの水牢にね」

「あの水牢は……」

スイランが扉のところから思わず何か言いかけたが、グインがすばやく指をあげて、制したのであわてて黙った。

「ここはタイス伯爵の居城だ」

グインは低く落ち着いた声でいった。

「どこにどのような伝声管だの、ひそかに室内のようすを監視する仕掛けがないものでもないと、思っておいたほうがよいと思うぞ。このさき、どこへいってもそうだ」

「なんてことになっちまったものかしら」

リギアはますます憤慨しながら云った。

「あたしはほんとに金をかけた殺し合いもまっぴらだし……第一、女剣闘士ってどんな格好で試合をさせられるか知ってますか。それこそ、何も着てないよりかえっていやらしいようなみだらな格好なんですからね。おまけにそれを気に入った偉いさんが指名してきたら、きっとマリウスみたいに、夜伽のまねごとまでさせられるんでしょう。おお、冗談じゃあない。なんでこんなことになったことやら。いったいどうしたら、このはめから脱出できるんですか。考えておいて下さいよ。このままじゃあ、ほんとにもうここであたしたちはみんなにっちもさっちもゆかないんだわ」

「ちょっと考えてみるゆえ、まあそれほど焦るな」

グインが重々しく云った。そして、確かに真剣に考えはじめたらしく、そのまま黙り込んでしまった。

リギアももう、その上押して騒ぎ立てる気力もなくなってしまったように静かになった。スイランは心配そうに、あてがわれた書き物を眺めていた。スイランひとりが、どの競技に参加するかが決まっていなかったからである。だが、いくばくもなく、ドアがノックされ、そしてドアがあいた。

「タイス伯爵タイ・ソン閣下がお前たちを呼びであるぞ」

ちょっと年齢のいった小姓が、重々しく告げた。うしろには、一個小隊くらいの人数の、あのとげとげのよろいかぶとの比較的軽装版らしくみえるやつを身につけた兵士たちが、威圧的な大きな三日月槍を手にしてずらりと廊下に並んでいる。リギアはどうするのかというようにグインをみた。

グインは重々しくうなづいた。そして、立ち上がったので、スイランもリギアも不承不承、グインに続いて室を出た。

そのまま、かれらはまた廊下をぬけていったが、こんどは案内されていったのはタイ・ソン伯爵の私室ではなく、長い廊下を抜けた先にある、中庭のようなところであった。じっさい見かけよりもかなり入り組んだ建て方のされている建物のようであった。

明らかに、タイスでは、建物のおもてだけがきらびやかに飾り立てられていて、裏側に入るときわめてお粗末な実用本位、というようなやりかたは歓迎されていないようだった。むしろ、どんなすみずみまでもおもてとかわらずにけばけばしく、にぎにぎしく飾りたてられ、綺麗に調えられていることが価値とされているようだったのだ。それで、明らかに賓客の通るおもて側の廊下ではない、わりと薄暗い、裏方たちの抜けてゆくようなそちらの廊下も、それなりにきちんとした装飾もついていたし、決して殺風景ではなかった。そういえば、昨夜グインたちが泊まった部屋も、華美ではないまでもきちんと調度もととのい、飾り物なども飾られていたのだ。その意味ではタイスのひとびとというのは骨の髄まで享楽的であるようであった。

「止まれ」

さきにたってかれらを導いていた小隊の隊長がふりかえって、重々しく告げた。

「この右側の扉をあけると、その中に、さまざまな武器、鎧、衣類など、剣闘競技一式に必要なものがみな入っている。この中に入り、そのほうたち一人一人にあう衣類と鎧かぶと、靴、サンダルなどを選べ。いま身につけているものは、その武器室の奥の扉をあけると、そこが準備室になっている。そちらで着替えをし、そこにそなえつけの籠にそれぞれ入れておくがいい。ただし、貴重品などは、ここは出入り自由の場所になっているゆえ、置いてゆけば責任はもてぬ。金品など大事なものがあるなら、金庫に預けるか、自分で持ってゆくがいい。——そしてことに、おのれにあう武器を心して選ぶがいい。武器は三点まで好きなものを選んでよいが、競技場に持って出てよいのは、それぞれの競技によって点数が決められている。もう一点は予備の武器として、控え室へ持っていってよい。また、飲食など欲しいものがあれば、準備室のつきあたりに、窓口があり、その中にいる戦士たちの世話係たちになんでも頼めば、手に入るものはそのようにしてくれるだろう。怪我したさいの手当や薬品などもそこが用意してくれる。——女戦士は化粧するならば、そのよしを申し出れば飾り物や化粧道具なども貸してくれる。むろん、自分のものを持ってきたければ、あらかじめ持ってきておいて、おのれの籠に入れておくことだ」

「わかりました」

リギアは面白くなさそうにうなづいた。スイランは心配そうだった。

「俺は、まだ何で試合をするか、決めてないんですが……」

「ならば、ここでとった武器がすなわちお前のこのさきの得物になる。ただし何回かに一回、もろもろこのままでよいかと確認されるので、そのたびに、ことなる武器に持ち替えたり、同じ大剣にせよ、重さの違うものや、もっと使いやすいものにかえることも出来る。ただし、武器に関しては、おのれの愛用する私物を持ち込むことは許されておらぬ。何かからくりがあったような場合危険だからな。この競技場での戦闘はあくまでも、ここにある武器を使ってのものに限られる。鎧など防具もそのとおりだ」

「……………」

グインは、あまり興味もない、というように、返事をしなかった。

それへ、小隊長はちょっと苛立ったような目をむけた。

「それではこれから十五タルザンのうちに、防具を選び、武器を選び、身支度をして、闘士控え室へ入るのだ。それ以上時間がかかると不戦敗となるから気を付けるがいい。

五タルザン前、三タルザン前、一タルザン前にそれぞれ、時間を知らせる鐘が打たれるからな。おのれが誰と戦うことになるのかは、競技場では知らされておらぬ。こまかな競技のしきたりや規則については、競技場に出たときに知らされることになる。——さあ、女戦士は左側にすすめ。女子用の準備室は左だ。左と右が違うだけであとは全部同じようになっていると思うがよい。いつ、おのれの試合の番がくるかはグンドのほかのものはまだ決められておらぬ。支度をして、控え室で待っていよというおおせだ」

「ちょ、ちょょっとお待ち下さい」

あわててスイランが云った。

「あの、まだよくようすがわからないもので、ちょっとうかがいたいのですが……タイ・ソン閣下が、それぞれの競技で一人づつしか戦士は出せないとおっしゃっていたように思いますが、ここでたとえばグンドと私が同じ武器を使う競技に名乗りをあげるとすると、グンドと私が戦ったりすることにもなるのでしょうか」

「それぞれの競技にひとつの小屋主につき一人しか選手を出せないのは、正式の競技会だけのことだ」

小隊長が答えた。

「今日これからやるのはただの腕だめしだ。それゆえそのようにかたく考えずともよい。それでも同じ武器をとり、同じ部門を希望するとなると当然、そこを希望した全員が総当たり戦であたることにはなるぞ。腕だめしだからな。逆に、正式の競技会では、同じ小屋主のもとからは、たとえば大剣一対一の分野だとすれば、お前とこの男が同じものを希望すれば、お前とこの男がぶつかることはない。もしも、どうあれこの男と試合がしたいと望むのなら、違う小屋主に仮預けにされてそちらから出ることになるのだ、わかるか」

「いや、ちっとも、戦いたくはございませんが」

あわててスイランは云った。

「しかし、ただの腕だめしというと、いったいどういうことになりますので。——とにかく、何もわからないままですので、なんとかして、状況や事情を知りたいのですが」

「うるさい奴だな。剣闘士には、そんなものを知ることは必要ないのだ」

というのが、小隊長の乱暴な答えであった。

「お前たちはただ、箱に入れられた犬どもと同じことなのだ。互いにかみ合うようにけしかけられる——かみあいをはじめなければ、うしろから尻を鞭で打ってでもそうさせられる。これからお前たちが立ち合うことになるのは、懸賞金が欲しくてくろうとの剣闘士になった奴もいれば、罪人で、罪を軽くしてもらうために剣闘を希望したものもいる。売り飛ばされてきて、腕っ節が強そうだというので持ち主が小屋にあずけた奴隷もいる。ただただ戦うのが好きでたまらなくて剣闘士を志願したやつもいる。それぞれ、動機も事情も千差万別だが、ひとつだけ確かなことがある。それは、《弱い者は生き残れない》ということだ。——今日はただの平競技だから、選手どももそんなに真剣でもなければ、深刻でもないが、それでも、戦いぶりを見られてこいつは弱いと思われれば、小屋主に見捨てられたり、別の小屋に売られたり、またあっさりと始末されてしまったりする可能性もあるからな、みんな、ことにタイ・ソン閣下の見ている前ではそれなりに必死になる。おそらく今日は『慈悲の願い』が適用されるのだろうか、それでもちゃんと必死で戦ったほうがいいぞ。でないと、無傷というわけにはゆかんだろう」

「その、『慈悲の願い』というのは?」

「これはとうてい自分には勝ち目がない、と思ったとき、競技の主催者に頼んでお慈悲をかけてもらって、戦うのをやめさせてもらう機会が三回だけある、ということさ」

小隊長は答えた。

「それはまず、競技場に出て相手をみて、とうてい勝てないと思ったときが第一回。——そのかわり、ここで『慈悲の願い』が聞き届けられたら、そいつは一生臆病者の烙印をおされ、剣闘士としてはやってゆけないことになる。賭け金でもかかっていようものなら、そいつに金をかけた奴からそれこそ暗殺者が送り込まれるだろうからな、剣闘士宿舎にな。——その次が、剣をまじえ、自分の剣がはねとばされたり折れたりしてどうにもならなくなったときに、剣を放り出して土下座していのちごいをすれば、主催者から許しが出ればそこで試合は中止になる。まあ、べつだんこれは違法じゃない、『どちらか一方が死ぬまで』とさだめられた試合でない限り、そうやって片方が降参すれば、それで試合は終わるから、それはただの試合の終わりを告げているにひとしい。――そしてさいごのものはこれは『最後の慈悲の願い』といって、これを願うのは自分ではなく相手だけだ。『どちらか一方が死ぬまで』と決められた試合で、片方が片方に組み敷かれ、剣をつきつけられて、もうあとは殺されるだけ、というときに、もうあとは剣をおろしさえすれば相手を殺せる勝者のほうが、剣をひいて、主催者にひざまづけば、それは『この相手は完全に参っているので、命を助けてやってほしい』という試合終了の合図になる。まあおおむねは、そうやって競技が終わるのだ。なにも、我々は、試合のたびに流血を期待してるわけじゃないからな。あくまでも、クムの闘技会は武芸のほどをきそいあうもので、殺戮を楽しむみだらな娯楽というわけじゃない。だが、大きな競技会のことに決勝戦などで、多額のかけ金がかかっているときにこの『最後の慈悲の願い』をするのはかなりいのちがけになる。組み敷かれている相手にとっては、それが最後の勝利の好機になるからだ。自分をそうやって助けてくれた相手を、感謝しつつ隠し持った武器で刺し殺して逆転してしまうことは、べつだんタイスでは卑怯とはみなされてないのだ。わかるか」

「すごい話だ」

スイランはちょっと息をのんだ。

「ってことは、賭け金がかかってたら、場合によっては……どんな方法でもとにかく相手を殺すことで勝てばいい、と思ってる連中がたくさんいるってことか」

「そのとおりだな。ことに職業剣闘士たちにとっては、生きのびるということは、勝ち続けるということでもある。そしてそれだけの技術を持っているということでもある。きょうはことに、お前たちの実力のほどをはっきりとお知りになりたいというので、伯爵閣下はかなり厳選した戦士を集めて、お前たちの歓迎会としておられる。手をぬくことなど考えないことだ。あちらは、おそらく必ず、『殺してもかまわぬ』といわれているからな。むろん、お前たちも殺してもかまわぬといわれるだろう。それが、剣闘士という職業なのだからな」

「………」

グインは黙っていたが、スイランは、ひとこと云わずにはいられなかった。

「俺は剣闘士なんていう職業になった覚えなんか全然ないんだ。えらい迷惑な話だ、俺はただの、旅まわりの芸人なんだ」

「お前にどういう事情があるのかなど、我々の知ったことではない」

小隊長は非情に答えた。

「我々はただ、伯爵閣下に命じられたとおりにするだけのことだ。まあ、競技のほうは、見せてもらうのは楽しみだがな。——では、準備をはじめろ。きっかり十五タルザン後に迎えにゆく。それまでに準備をすませるのだ。さあ、入れ」

重たそうな大きなドアの上に、『武器室』と書かれた室の前で、小隊長は、もどかしげに手を叩いてかれらをうながした。

「女選手は左の扉だ。さあ、急ぐのだ。あまり待たせるとタイ・ソン閣下がお怒りになる。閣下を怒らせないほうがいいぞ——閣下がお怒りになると、助かるものも助からなくなるのだからな」

この、決して元気が出るとはいえぬ激励ともども、リギアは左の『女子準備室』の扉のなかへ、そしてグインとスイランとは、『男子準備室』の扉の中へと送り込まれた。かれらが中に入るなり、うしろでずしーんと重たい音をたてて扉がしまった。

「なんてこった、こんなべらぼうななりゆきって」

スイランは言いかけたが、とても広いその室にいるのは自分たちだけではない、ということに突然気が付いて、あわてて口をつぐんだ。その室のなかにいた者たち全員から、ぎろりとにらまれたような気がしたのだ。それは錯覚でもなんでもなかった。

恐しく広い、天井の高い室だったが、これまでのタイスの城の享楽的で派手派手しい感じとはうってかわって、妙にごつい感じのする、しかも陰気な、妙にむっとくる汗くさいにおいともっとよくわからぬ妙に不吉な感じのにおいとがたちこめている部屋だった。妙に一瞬、まるで《拷問室》にでも入ったような錯覚にとらえられたが、その理由はすぐわかった。壁がすべて重たげな石造りで、その壁に、片側の壁全部を使って、ぎっしりと、上から下まで各種のおどろおどろしい、凶々しい武器がかけてあったのである。

かなり天井の高いその壁に、上をむけて、三日月型の刃のついた長い槍、刃の薄い斧と剣が組み合わされた十字槍、まっすぐな刃のついた槍、棍棒、さすまた、短槍、大きな刃のついた南国ふうの蛮槍など、十種類以上もの槍がかけられており、その隣には、これは横に掛け並べる式の刀かけがあって、平刃の大剣がおびただしい数、かけられていた。大きさも重たさも、柄の意匠やかたちも、それぞれにみな違っている。思いきりふりまわせばごつい鎧ごと人間の首を切り落としてしまえるような、するどい刃のついたどきどきするような大平剣がずらりと並んでいるかと思えば、そのとなりには、パロのレイピアがとぎすまされた銀色の光をみせて並んでいる。たいそう美しい飾りのついたレイピアもあった。また、細剣のレイピアと、巨大な大平剣のちょうど中間くらいの、普通のまっすぐな平剣もあるし、また、南方でよく使われる大きく折れ曲がっている刃のうすい蛮刀もあった。

その反対側には、多少特殊な武器が並んでかけてあった。鎖鎌や、分銅のついた鎖、短い棍棒を鎖でつなげたクムでよく使われるコンカン、棒の両側に刃をとりつけてある短槍のチャート、刃が両側にいって広くなっており、まんなかに持つところが少しだけある、のこぎりを組み合わせたようなカイン刀などである。これはみな、それぞれの分類の上に、小さな札が貼られていて名前が書いてあったのだった。

その壁の上方にはそのようにさまざまな武器がかけてあったり、立ててあったりしたが、下のほうには、木の棚をつらねた台のようなものがあって、そのなかには、またおびただしいさまざまな武器が無造作に放り込まれていた。こちらは練習用の木のものもあれば、古くなってぼろぼろになったのでそこに移されたらしいものもあった。いずれにせよそれらはみな、どきりとするような、残虐な死をもたらす武器の宝庫であった。

2

　そして、武器がかかっている側でない突き当たりの壁のまんなかにはもうひとつのドアがあって、奥の部屋に通じていたが、そのドアの両側には、かなり大きな棚があって、その上にはそれぞれに、よろい、かぶと、簡単な籠手あて、すねあて、腰覆い、などが箱に入れられて並んでいた。クムの例のとげとげが生えたものはなく、比較的軽装の、傭兵がよく使う種類のものばかりであったが、どれもいかにも何回も使われた、というようすで、傷つき、なかにはなまなましく血のしみが出来ているものもあって、なかなかにすごみがあった。この室に入ってきたときの異様なにおいの一端は、このよろいかぶとについた古い血が発している血のにおいだったのかもしれなかった。

　スイランはいささか気圧《けお》されてこのようすを見回した。室のまんなかには、大きな古びたごつい机がいくつか寄せておかれていて、そのまわりには木のベンチがあり、そして、そこかしこに、何人かのごつい男たちがかけていて、かれらが入ってきたとたんにこちらをぎろりと見たのだった。スイランはひゃっと首をちぢめたが、じっさいにかれらの視線は、スイランなど通り越して、まっすぐにグインに向けられていた。

グインは素知らぬ顔で立っていた。男たちはいずれも、鎧下のぴったりとした白いシャツに黒いぴったりした足通し、腰まわりを守る幅広のベルト、という格好をして、なかにはもう、腰覆いや籠手あてなどをつけているものもいたが、大半は鎧下と足通しであった。そして、武器を詳細に選んでいるものもいれば、ベンチにかけて足に皮ひもをまいていたりするものもいた。かれらは、ごく若いものはおらず、一番年下でも二十代には当然なっていると見えた。そして、四十代くらいとみえるものもいた。髪の毛はみな短くして、革のベルトを額にまいているものが多い。なかには、ベルトの上に十文字に頭を覆っているひもがついた帽子のようなものをかぶっているものもいる。

国籍も、年齢も、とりどりのように思えたが、ひとつだけ確かなのは、いずれも相当に年期の入った戦士を商売にしている連中だ、ということのようであった。眉じりにひどい刀傷のあるものもいれば、額のまんなかに誇らしげな三日月傷のあるものもいた。また、頬にも首筋にも古傷のひっつれのあるものもいた。いずれも、ごつくていかにも殺気だった連中であった。思わずスイランが、グインのうしろにこそこそと隠れようとしたくらいだった。

そのかれらの目が、一種異様な興味を示して、ひたすらグインに集中してきたのだ。その目は、ただ、珍しい豹頭の男を見る、などというようなものではありようもなかった。おそろしく真剣で――おまけに殺気立った目であった。それは、すでにグインのうわさを聞いていて、あらたな強敵あらわる――といろめきたち、その実力のほどを見定めようと、おそろしく熱心に見つめる目であった。

グインのたくましい体格を見るなり、(おお……)という、声にもならぬかすかなざわめきが男たちのあいだからもれた。そして、かれらは値踏みするように熱心に、まるで馬を買う熟練の馬商人か、奴隷に価をつけようとしている奴隷商人のように、食い入るようにグインを見つめて、上から下まで眺め、また上から下まで眺めた。だが、誰も何も云おうとしなかった。

うしろの扉がもう一度開いて、さきほどの小隊長に率いられていた騎士がひとり、クムの鎧すがたのまま、のっそりと入ってきた。どうやら監督の役をおおせつかったようだった。

「何をしている。まだ選んでないのか」

きびしく、その騎士がとがめた。

「早く、得物を選べ。三点までだ。豹頭の男は大平剣の部にと決められているゆえ、一本は必ず大平剣を選ばねばならぬ。そちらの男は好きなものを、どれでも全部で三つ選ぶがいい」

「………」

グインは、食いつくような視線の集中するなかを、こともなげに動きだし、ゆっくりと壁にいった。

手をのばし、一本の大剣をとってみる。かるくうちふってみたが、気に食わなかったらしくそのまま壁の刀かけに戻し、別のもっと重たそうなものをとってうち振る。それを手元においたまま、別の二、三本をとって振ってみたが、それはそのままもとに戻し、壁にかかっている中でもっとも大きく、もっとも重たそうにみえる、刃わたり一タールもあるような大剣をかるがるとおろして振ってみたときには、息をつめて見守っていた、同じ室の戦士たちの口から、するどい吐息がもれた。

だが、それはさすがに重すぎて扱うのに面倒だ、と思ったらしく、そのままそれも刀かけに戻すと、グインは、最初から二本目にとった刀をもう一回とりあげ、数回ふってみた。それから左手をそえて、両手で軽く動かしてみた。

「これでよい」

云うと、騎士がうなづいてそれをうけとった。

「あと二本、選べ」

「かまわぬ。これ一本でいい。あとはあまり役に立ちそうなのがない」

「なんだと」

騎士は眉をしかめた。

「一本でいいだと。あとで、競技の最中に折れてしまっても、替えをとりには戻れないぞ。ここから準備室、控え室と進んでいったら、もうここへは戻ってこられぬのだ。今日の競技が終わり、いったん競技場を出てからなら、明日なら申請すればまた武器選びが出来るが、それまでは、万一折れてしまったらもうお前は剣がないことになるのだぞ」

「大丈夫だ」

グインは云った。騎士は肩をすくめた。

「ならば勝手にしろ。では防具を選ぶがいい」

「防具はいらん」

グインがぶっきらぼうに答えると、一瞬、ざわめきがおこった。

「なんだと。鎧かぶと、籠手あて、すねあて、腰あて、どれもいらんというのか」

「いらぬ。重たくて、かえって邪魔だ。俺はこのままでいい」

「なんという傲慢なやつだ」

あきれたように騎士はつぶやいた。

「こんなことを云ったやつははじめてだ。あとで後悔するのじゃないぞ。そっちの奴はどうする」

「いやいやいや、とんでもない」

スインはグインの真似をする気持など毛頭なかった。あわてて、壁にとんでゆき、相当真剣にあれこれと考えた揚句、スイランは丈夫そうな平剣を二本に、それに掌ほどの長さの刀子をずらりとかけつらねた、腰にまいてそこから刀子をとって飛ばす、沿海州の船乗りたちがよく得物にする刀子帯を選んだ。それに、万全を期してよろい、かぶと、籠手あて、すねあて、腰覆い、と完全装備で防具を選ぶと、うなづいた。

「選んだものを、となりから籠をもらってきて、それに入れてとなりに運べ」

騎士に指示されて、急いでスイランは奥の扉をあけて中に入っていった。籠をもらってきて、そこに選んで床の上においたものを急いで移し入れる。グインは騎士からかえしてもらった大剣をただ手でさげただけで、二人は、武器室を大股に通り過ぎ、奥の扉のむこうの準備室に入っていった。武器室にいた男たちは、食い入るような目で、何もいわず、じっとグインとスイランのその動きを見つめ続けていた。ドアがしまると同時にその背後のドアの向こうでなにかがやがやと取沙汰する声がきこえてきたが、扉はとても厚かったので、何をいっているかまでは聞こえなかった。

こんどの室も天井が高かったが、こんどは、壁に武器がかかっているようなことはなく、そのかわりに、片側の壁にずらりと、大きな、かなりたけの高い木の棚が作りつけられていた。そして、その三段になっている棚にちょうどすっぽりとおさまるようになっている籠が、いくつもそこにおさまっている。その籠の上から、名札がかけられるようになっており、その名札は、入口でもらって名前を自分で書き込むようになっていると教えられた。

この室にも、さっきの室よりもうちょっと大勢の戦士たちがいたが、こんどはさっきより、もっと興味と好奇心とにみちた視線が、グインに集中した。ここにも、まんなかにテーブルとベンチがあり、室の右側の壁のところには、休憩用なのだろう、木のつくりつけの二段になった寝台がずらりと並んでいたが、その上で身をやすめている男たちも何人かいた。

つきあたりにはまた扉があったが、その扉の横には、胸くらいの高さのところに、かなり大きなカウンターが出来ていて、その向こうは、扉のむこうとは違う部屋になっているようだった。エンジ色のカーテンがかけられていて、中はのぞけない。

「支度しろ。さっさとすませないと、時間切れになって、支度がすんでいなくても競技場に突き出されることになるぞ」

おつきの騎士が警告した。それでスイランはあわてて籠をしまう場所を確保し、よろいかぶとと一緒に、さっきの武器室の棚から、鎧下や足通しもとってきてあったので、急いでそれに着替えて、鎧や籠手あてを身につけはじめた。

そこにいる男たちは、木の簡易寝台に寝ているやつや、テーブルまわりのベンチで茶を飲んでいるやつなど、勝手なことをしながら、出陣の用意をしているようだったが、そのスイランのようすや、何もせずに悠然と立っているグインのようすなどを、じろじろと眺めていた。このなかに、いずれ自分たちとも対戦するやつがいるのだろうか、と思うと、スイランはひどく落ち着かなかったが、それは、おつきの騎士がその疑問を解消してくれた。

「本来もう、いまの時間に競技場に出るはずの早組はとっくに控え室に入っている。ここでいまから準備しているこの連中は午後の部の遅組だ。こやつらとはお前たちは今日は当たらん。口をきいてもかまわぬが、あまりよけいなことをいうのじゃないぞ」

「………」

スイランは礼がわりに頭をさげた。

だが、誰も話しかけてくるものはなかった。ただ、異様な日でじっと、グインを見つめているばかりだった。

明らかにもう、すでにきのうのうちから、タイ・ソン伯爵があらたに執心を示している有望な戦士、といううわさは競技の出場者たちのあいだではとっくに出回っていて、非常な注目が集まっていたのだ。さっきの武器室にいた男たちも、異様なまでの関心をこめてグインのからだつき、筋肉のつきかた、動きのようす、一挙手一投足までまじまじと見つめていたが、この室の連中も、いっそう熱心に、それこそ穴があくほどにじろじろとグインの上から下までを眺めていた。だが、グインは、虫が飛び回っているほどもその視線を気にしたようすを見せなかった。

「俺はもうこのままでよい。控え室にゆけばいいのか」

「着替えもせぬというのか。そのままでいいのか？」

「ああ、今日は腕だめしなのだろう。だったらこれでかまうまい。よろいかぶとなど——戦場ではあるまいし、必要ないと思うのだが」

「倨傲なことをいうやつだ。切り込まれたときに、やはり胴をつけるのだったと後悔するのじゃないぞ。もっとも一度そういう目にあえば、次からはおとなしくなるかもしれないがな」

苦笑しながら、騎士が、スイランが準備をおわるのを待って、かれら二人をせきたてた。

「いまは急いでいるし、お前たちははじめてだから面倒をみてやれと云われたが、本来なら、武器室の扉から先は、競技に出ぬ人間は足をふみいれてはならぬということになっているのだ」

騎士は説明した。

「このさきにゆくと、控え室がずらりと並んでいる。小さい個室がたくさんあって、そこに名札がかけてあるはずだ。自分の名の名札を見つけてそこに入っていろ。すべての個室から、競技場の広場に出られる扉がついている。さっきいったように、競技開始の五タルザン前、三タルザン前、一タルザン前にそれぞれ鐘が打ち鳴らされ、大声で名前がふれられる。控え室からはその声はよく聞こえるはずだが、呼ばれたら、ただちに心構えをして、そして一タルザン前のふれで三回目に名前を呼ばれると同時に、扉をあけて競技場に出るのだ。お前たちの対戦相手は、反対側の棟で同じように待機している――こちらは東の棟で、反対側は西の棟だ。そのなかのどの扉が開いて誰が出てくるかはお前らには知らされぬ。従って、相手の特徴を知って作戦をあらかじめたてたりするようなひまも与えられず、きわめて純粋に、力と力、わざとわざの勝負が展開されるのだ。わかったか、では、控え室にゆけ。飲み物や食べ物は控え室には持ち込んでもよいが、食べ物はやめたほうがいいな。食べ物が必要ならここで食ってからゆくがいい。飲み物は控え室に持っていってかまわぬ。いったんそこの扉を出たらもう、あともどりは一切できぬ」

「じゃあ、ここで脱いだ俺の服とかはどこで返してもらったらいいんです？」

スイランがあわてて聞いた。

「競技が終わって、必要とあれば、今度は中央口とよばれる退場口から出て、そちらの大きな控え室でお前たちはご指示を待つことになる。そのときに、武器やきょう使った防具などはいったんお返しすることになる。そこに、お前たちの私物も持ってこられてあるので、籠のなかみを入れ替えればよい。ただ、もうそいつにはその私物は永遠に必要ではなくなっている、というようなこともままあるのだがな。ふふふ」

あまり、聞いているほうにとってはとうてい愉快とはいえぬことをいって、騎士はおかしそうに笑った。

「だから、まあ、あまり、私物の返却については誰も気にしておらんのだろうよ。勝てばたくさんの賞金で、そんなせこい私物などまったく問題でもなくなるし、負ければたいていの場合はもう私物には用はなくなるからな。——基本的には、こういう普通の日の平競技では命を落とす人間はそう多くはない。剣闘士、格闘士たちだって人間だからな。晴れの舞台でならば、命をかけて戦うこともやぶさかではないが、ただのこんな新入りの腕だめしで命など、落としたくはないだろうからな。だが、タイ・ソン閣下はとにかく弱い男がお嫌いで、強い男がお好きだ。平競技だろうがなんだろうが、あまりにも見苦しい戦いをお目にかけた奴については、閣下のお怒りをかえば、それはもうどうなるかわかったものじゃない。閣下が、このタイスでは全権を持っておられる、全能の神のごとき存在なんだ。きのう、歌が下手だった芸人の娘がどうなったか、聞いただろう」

「ううう……」

思わずスイランはそっと身をふるわせた。そして、つぶやいた。

(なんてこった。この町は、美と快楽の都どころか、死と恐怖の都なんだ。——この町

をおさめてるのは気まぐれな死をもたらす暴君だってわけだ）

「何か云ったのか？」

騎士がとがめた。スイランはあわてて首を振った。

「いえいえ、何もッ」

「競技の順番は、お前たちには知らされぬ」

かさねて、騎士は云った。

「あるいはかなり長いこと、控え室で待たされるかもしれぬ。腹ごしらえはすませておいたほうが無難だな。腹が減って、ろくな戦いぶりがみせられず、それで閣下の逆鱗にふれたとではあまりに情けないからな」

「だけど、さっきは控え室には食べ物はもってかないほうがって……」

スイランが抵抗した。騎士は肩をすくめた。

「控え室で食べ物を食べてはならぬなどという決まりはない。控え室では基本的に、呼ばれるまでは眠っていようが、何をしていようが自由だ。俺がさっきあのように云ったのは、試合の直前に食べると、万が一腹を切り裂かれたときに、たいそう見苦しい死体になるから、というにすぎん」

「うへえ……」

スイランは小さく溜息をついた。

グインは、教えられた奥のカウンターにずかずかと歩み寄った。そして、カーテンの奥に向かって声をかけた。

「すまんが、何でもかまわぬので、飲むものと、食うものをくれ」

「あいよ」

カーテンがあいて、片目のつぶれた、禿頭のおやじが顔を出した。もとは剣闘士だったのではないか、と思われるごついからだつきで、つぶれた片目のまぶたの上には古い刀傷が走っている。

「飲み物は何にするかね。酒は禁止じゃないが、みんなよほど怯えていて景気づけにしようというほかは飲みたがらないがね」

「酒はいらん。茶か、水をくれ」

「じゃあこれでよかろう。クム名物の黒茶だ、これが一番元気が出る。食い物は、何かあまり腹にもたれぬものがいいかね」

「いや、腹にちゃんとたまるものが望みだな」

「こりゃ、豪胆なこっちゃ。じゃあ、このヤムもちをあげよう。芋の粉でつくった餅で、挽肉のあんをはさんで焼いたやつで、とても腹にたまるよ」

「それを貰おう」

「あんたが、噂の芸人だね！　おお、本当にすげえ豹頭だ、それが本当に魔道師の作り物なのかね！　よくまあそこまで、豹頭王に似せたものだわな！」

　片目のおやじは、陽気であった。

　というよりも、やはり準備室にいる戦士たちは、これからあと、自分たちも戦わなくてはならない、という緊張感で、あまり陽気に話しかけるような気分にはなれないのだろう。それでも、おやじのことばにはいちいち反応して、非常な興味をみせているようすはわかる。

「そりゃもう、いまや競技場の関係者も、紅鶴城のものたちもみんな、たいへんな話題だよ。あんたの話しか、きのうから誰もがしていない、といったっていいくらいだ。誰にだってそれや、ほんものの豹頭王そっくりの勇者が、タイスの紅鶴城の競技場で戦うすがたを見る、などというのは、夢のまた夢のような出来事だからな！　あとはただ、あんたが、その我々の夢を壊すようなひどい戦いぶりを見せなければだな。ほんのちょっと、まともな戦いぶりをさえ見せれば、あんたはもうたちまちのうちに、タイスの神様になれるだろう。タイスの偶像。タイスの憧れ」

「よく喋るおやじだな」

　というのが、グインのそっけない返答であった。おやじはけっけっというような妙な笑い声をたてた。

「わしはタイスの紅鶴城の、この競技場の主みたいなものだからね。もともとはわしだって剣士だったんだよ。どこの競技場にも、わしみたいな、剣士くずれの、体のあちこちを競技でなくしてほかに生きるすべのなくなったものがたくさん拾われてなんとか生きているよ。それでも、わしらは根っから競技が好きなのでね。剣闘を見るためだけに生きているようなもんだからな。――ほんとにいいからだだね！　そのからだが、ちょっとでも見かけどおりに動くんだったら、こりゃあたいしたものだ。今年こそ、タイ・ソン閣下はついに悲願の、ルーアンのガンダルを打倒する大切な玉を手にいれたのかもしれん」

「そいつはどうかな。俺は旅芸人だ。擬闘は得意だが、本当の戦闘そのものは嫌いでな」

「そのようなことを閣下に申し上げていたらしいが、閣下はてんから信じておられないらしいな。あの動きは擬闘しか出来ない者の動きではない、といってな！　まあでも、いずれにせよ、あんた自身のためにも、あんたがちょっとは本当のたたかいにもたけているることを祈るね。あれだけ期待されてしまうと、その期待をそらされた、と思ったとしたら、タイ・ソン閣下はきっと烈火のようにお怒りになる。あの閣下がそのようにお怒りになったとしたら、そりゃもう、たいへんなことになるからね。おそばにいる家臣たちさえ、迷惑するというものだよ。とにかくあの閣下は、芸ごとと色ごとと武術に関するかぎり、もう、理性がなくなるからなあ」

「おい、そろそろ控え室へゆくんだ。そろそろ十五タルザンたってしまう」

心配そうに、騎士が云った。そして、食べ物と飲み物の盆をおやじの手から受け取ったグインと、すっかり武装をすませ、心配そうに剣を腰にさげ、腰帯に刀子帯をかさねて巻いたスイランをせきたてた。

かれらは扉をくぐった。くぐるとき、ふいにグインは上を見上げた。騎士が笑った。

「気づいたか。この扉の上のところに《運命》と書いてあるだろう。これは《運命の扉》といってな、これを出ていって、生きて戻れるかどうかは、運命神だけが決める、ということだ。さあ、急げ。もうあんまり時間がないはずだ」

《運命の扉》を出ると、そこには、細長い廊下が続いていた。

細長い廊下はさすがになんのかざりけもなく、そしてその廊下の片側は回廊になっていて、たくさんの柱が立っており、中庭がひっそりとひろがっている。もう、かなり日が高くなっているようだった。

そして、反対側の壁のほうには、騎士がいったとおり、たくさんの小さな扉が続いていた。扉の上にはかなり大きな名札入れがかけてあって、何も書いてない名札入れもあれば、名前を書いた薄い木の札がそこにさしこんであるものもある。

「本来はここに登録してある競技者は、みな鑑札をもらう。そして、ここに入るときに、この名札入れにその鑑札を入れるのだ。だがお前たちはまだ登録されていないから、名前が書いてある室を探して入るがいい。あったか」

「あ、あった」

ぎくっとしたようにスイランが云った。

「これだ」

「ではそこに入れ。前を通るふれ係が名前を呼ぶまで、この控え室からはなれてはならん。小便がしたかったら、室の隅に小便用の箱があるからそこでするのだ。もし万一、名を呼ばれて出てこないことが、三回まで繰り返されたら棄権したとみなされ、無条件でお前の負けになる」

「あの……そっちでないほうがしたくなったらどうすればいいんです」

スイランはおそるおそる聞いたが、

「そんなことは知らん。控え室に入る前にすませておけ」

一喝されて、あわてて扉をあけて、自分の室に入っていった。騎士はその少し先の扉を指さした。

「おお、ここだ。芸人、グンド。さあ、入れ。ここがお前の控え室だ」

3

グインは、大人しく扉をあけて、控え室の個室に入っていった。グインの目にさいごに入ったのは、自分の控え室のドアに手をかけたまま、半分泣き出しそうな不安そうな顔でこちらを見守っているスイランの顔であった。

だが、グインは、何も考えなかった。そのまま、騎士にかるく会釈して、個室に入って扉をしめる。あまり何もない室だった。広さも、それこそグインがまんなかに立って両手をふりまわしたら壁にたちまちぶつかってしまいそうなくらい狭い。そこに、片側の壁にベンチがついており、その端が少し持ち上がった作りつけのテーブルになっていて、そしてテーブルの下に物入れのような抽出しがついていた。そのほかは、ほとんど調度というものもない。ただ、出番を待つためだけの個室であるから、さしものタイスでも、調度に金をかけるようなつもりはないのだろう。床はよく踏み固められた地面で、たぶん、このあたりは、あとから競技場の地面の上に直接建て増された、壁と屋根だけがあとから作られた建物なのではないかと思われた。壁もそういえば、かなりにわかごしらえっぽいものであった。

もっともにわかごしらえだからといって、昨今に出来たものではなさそうだったし、壁や天井の材質そのものはしっかりとしたものであった。一ヶ所を除いて窓ひとつない室は、うしろに、入ってきた扉があり、そしてその扉の向かいにあるもうひとつの扉にひとつだけの覗き窓があって、それには、内側からも外側からもフタが出来るようになっているのを、グインはそっとまずそこをのぞいて確かめた。いまは外側からフタがされていて、内側のフタを持ち上げても、そこに窓があるのがわかるだけで、外の闘技場のようすは見ることが出来なかった。

それに扉はけっこう厚かったので、たいていの物音は聞こえてこなかった。その静けさが、普通だったら、よけい、出番をまつ戦士たちを不安にしたり、怯えさせたりしたかもしれぬ。おそらくはそれは、前の試合の物音をきかせて怯えさせぬために、防音がきっちりとされているのだろうが、かえって、そのために、この小さな小部屋でしんとした中に座っているものを神経質にさせてしまう効果があるように思われた。もっともそれは逆に、そうやって、戦士たちを苛立たせ、一刻も早く闘技場に飛び出したい、と思わせるための仕掛けでもあったのかもしれない。

壁の内側はうす青く塗られており、壁にはひとつだけ、大きな黒板のようなものがあって、そこに告示の紙や、いろいろな注意書きなどを書いた紙が何枚か貼ってあった。

グインは立ち上がってそこにゆき、それらを注意深く眺めた。それはひとつは、きたる水神祭りには大きな闘技会がタイス伯爵タイ・ソン閣下の主催により行われること、この闘技会では、優勝者になんと百ランという多額の賞金が与えられ、準優勝者にも五十ランの賞金があること、希望者は闘技会主催本部にいついつまでに参加を名乗り出るように、といった告知が書いてあった。職業的な剣闘士、素人の愛好家を問わぬ、というようなことや、部門として三十の部門及びそれぞれの女子部門がそれぞれある、というようなこと、詳細はこの闘技場の受付窓口に問い合わせるように、というようなことも書いてある。

グインは注意深くそれを読んだ。自分が、中原の言語をすべて苦もなく読み書きできることはすでに確かめてあったし、クムの方言はかなりなまりが強いにせよ、それほど他の国の言語とは異質すぎはしないこともわかっていた。ことに読む言語に関しては、中原はひとつの公式用語に統一されているようで、それがグインにはありがたかった。むろん、魔道師たちが専門に使ったり、公式書類に使われるという上級ルーン語はまったく読み書きできなかっただろうが、それはいまのところ必要なさそうだった。そのような話はマリウスにきいただけで、じっさいにグインがその上級ルーン語というものを見聞きしたわけでもなかったのだ。

そして、もう一枚のほうは、この競技場を使用するにあたっての詳細な注意であった。

この控え室に個人の私物を残してゆかぬよう、それが奪われても責任はもたぬ、ということからはじまって、控え室の床につばを吐いてはならぬ、とか、ここで床に大小便をしてはならぬ（そう注意書きがあるところをみると、してしまった人間が——恐怖のあまりかもしれないが——いるのだろうか、といささか皮肉にグインは考えた）いったん控え室を出たら、闘技が終了するまでは戻ることは出来ぬ、ということ、また、控え室で騒いではならぬとか、飲酒して控え室で酔っぱらったものは不戦敗とみなす、とか、いったん控え室に競技の待機のために入った戦士はもう原則として、例外を認められた場合でない限り準備室にも武器室にも戻ってはならぬ、というようなことが書いてあった。それをみるとグインはそっと、立ち上がって入ってきたドアをあけようとしてみたが、それには向こう側からカギがかけられていることを発見した。闘技場に出るほうのドアはちょっとふれた限りではカギがかかっていないようだったが、そのドアのとってをグインが動かしたとたんに、外側から窓があき、ぐいと棒が差し入れられて内側の窓もはねあげられて、覗き窓の外から、「まだだ、まだ順番はきておらぬ。まだ出てはならぬ！」とけわしい叱責を受けた。どうやら、ドアのすぐ外側に、見張りが立っているようであった。

それで、グインは注意書きをすべて読み終えてしまうと、座り込んで、入ってきたときにテーブルの上においておいた盆の食べ物を素早く食べた。そのあいだに呼ばれてしまうかと心配だったので急いで食べ終わると、《クム名物の黒茶》というのを飲んだ。それは、うすら甘い、奇妙な味のする、苦くて甘い、というふしぎなお茶であったが、飲むと口中がひどくさわやかになった。

グインは、腹ごしらえを終わると、ベンチにかけたまま、大剣を足のあいだに抱いて、黙然と目をとじた。あえて外のようすをうかがってみようともせず、また、あれこれと体をならそうとする気配もなく、じっとそうしていると、ふいに、外の闘技場のほうから、「わあっ！」という、異様な、かなり大勢の歓声がいっせいにあがるのが聞こえてきた。

どうやら、ひとつの試合、ここにグインがきたときにすでに行われていた試合が、終わったとおぼしかった。それに、その歓声はどうやら頭の真上から聞こえてきたので、この控え室の頭上には、観客席がもうけられているらしい、ということもわかった。グインは一瞬、目をゆっくりと半目に見開いたが、それからまたゆっくりと目をとじた。そして、それきり、何も聞こえなかったかのようにじっとしていた。

そのまま、どのくらい時間がたったのか、わからなかった。たぶんまた次の試合が行われていたのだろうが、それはどのような経過を辿ったものか、こんどはそれほどわっというどよめきも聞こえてはこなかったのだ。ただ、二、三回確かにグインのするどい耳に、ひとの叫び声、それも確かに苦痛の声であるものが聞こえてきたように思われた。

そして、また、何か堅い鉄と鉄がぶつかりあうような音も防音の壁を貫いて聞こえてきたようであった。

これは、確かになかなか緊張させられる状況であっただろう。だが、グインは何も考えることもなく、じっと目をとじて泰然と座していた。そして、そのあとどのくらいたったのか、気持としてはまだそれこそ五タルザンもたたぬようにも思われたが、もしかしたらじっさいには半ザンもたっていたのかもしれぬ、というくらいのころあいに、突然、覗き窓があけられ、内側の窓もまた棒でつついてはねあげられた。そして、ゆっくりと目をあいたグインの耳にきこえてきたのは、

「旅芸人、グンド！　旅芸人、グンド！」

という叫び声であった。同時に、激しく小さな鐘のふり鳴らされるらしい音がした。

グインはゆっくりと立ち上がろうとした。だが、そのとき、覗き窓の向こうから、顔がのぞいた。

「これは一の鐘だ。準備せよ、とのふれだ。まだ出てはならぬ」

声が告げた。そこで、グインはまた、悠揚迫らずベンチに腰をおろしたまま、待った。

こんどは、いくらもたたぬうちに、ふたたび鐘が、こんどはさっきよりも性急な感じで打ち鳴らされた。そしてまた、

「旅芸人、グンド！　旅芸人、グンド！」

と呼ぶ声が聞こえてきた。

　さっき最初に鐘が鳴ってから、覗き窓はあげられたままであった。のぞく気になれば、そこから、闘技場ものぞけるようであったが、グインはあえてそうしようともせずにベンチにかけたままでいた。だが、二回目のその声をきくと、ゆっくりと大剣をとりなおして手にさげ、扉に近寄った。

「これは二の鐘だ。まもなく出場となる。準備はよいか、旅芸人グンド」

　のぞき窓から、声がかけられた。グインは鷹揚にうなづいた。

「用意はよい」

「わかった。では次の鐘で扉のカギをはずす」

（なるほど、試合になると扉に外からカギがかけられて、こちらがあらかじめ飛び出したりは出来ぬようになっているのだな）

　グインはそのことを心に刻んだ。ということは、ここに入れられた闘技者たちは、とりあえず、向こうの準備室側からもカギをかけられ、闘技場側からもカギをかけられ、どこへも出られぬよう、この個室にしばしのあいだ閉じこめられる、ということであった。

（おそらく……希望して闘技に参加するものもむろんいるのだろうが、そうでない者もいる、ということなのだろう）

　グインはひそかに考えた。これまでに案内の騎士などから聞いた話の断片をつなぎあわせれば、おそらくは、中には罪人で、戦って生き延びれば生命を助けてもらえる、というような理由で戦うものもいれば、借金のカタにやむを得ずいのちをかけて戦うものもいるようだ。誰しもが、戦いが好きで、生死をかけたやりとりをするスリルを楽しむために闘技士となるわけではないのだろう。

　そうやって、いやいや競技に出場する戦士のなかには、いざ死ぬかもしれぬ試合に出る前になって臆病風を吹かせて逃げたくなるものもいれば、逆に半狂乱になって飛び出しておかしな行動をとってしまうものもいるのかもしれぬ。それゆえのこの用心なのかもしれないが、同時に、そこには、何か、この闘技に出場する戦士たちを人間扱いしておらぬ——闘犬か、沿海州の一部で行われているときく闘牛か、南方諸国でさかんだという、野獣どうしを戦わせる野蛮な競技のような、そんな非人間的な何かが感じられてならなかった。

　そのようなことをだが、グインがしみじみと考えているいとまもなく、こんどはひどくあわただしくたてつづけに鐘がうちふられた。そして、

「旅芸人グンド！　旅芸人グンド、出よ！」

　という大声のふれが聞こえてきたのだった。

　グインはゆっくりとドアに手をかけた。とたんに、そのドアが、外側からぐいと引き

絞られて、目のまえに明るい光があふれてきた。グインはだが、それもあるていど予期していたので、すかさず目を半目にして、明るさに目を慣らしながらゆっくりとドアをくぐって出ていった。

とたんに、うわあああ——というような大歓声が、頭上で爆発した。出ていったさきはかなり明るかったので、薄暗い個室のなかに馴れてしまった目には、しばらくのあいだ、よくまわりが見えなかった。

ようやく少しづつ目が慣れてくると、そこが、とてつもなく広い、そして上には屋根のない野天の場所である、ということがわかってきた。とてもまぶしかったのはその吹き抜けの空から明るい光が落ちてくるからであった。そして、目の前はすべて白砂がしきつめられていたので、それでいっそう、その反射で、あたりはまばゆく明るかったのだ。

あたりは見渡すかぎり、といいたいくらい、白砂のしきつめられた広場だった。何ひとつなかった——柱も建物も何もなく、ただひたすら白い砂がしきつめられていて、それもかなり踏み固められた地面の上にまいてあるようだった。グインはさりげなく一歩一歩歩きながら、足元の状態を探っていた。その、とても広い競技場のまわりをまるく取り囲むようにして、円形の客席が、高い壁の上に、じょうご状になってひろがっているのが見えた。そして、グインが出てきたちょうど左側のあたりが、その客席の正面となっているのか、そこが少しだけ四角く張り出していた。

グインのするどい目は、その四角く張り出した席の上に、四隅を柱で支えられた天蓋があること、そして、その貴賓席とおぼしい場所にタイス伯爵タイ・ソンが座っているのを見分けた。けっこう、ここからだと遠く見える。そして、客席は、何列かになっていて、それほどとても大きいわけではなかったが、そこの席すべてにひとがむらがって座っていて、こちらにむかって乗り出しているようだった。

グインはゆっくりと目をあげた。グインの出てきたドアのある側の、ちょうど反対側にも、ぐるりと客席の下の壁があり、そこに小さな扉がいくつも並んでついていた。そして、ちょうどグインの出てきた扉の正反対の場所から、一人の男が出てきて、そして、ゆっくりとした足の運びで、白砂を踏みしめながら、グインのほうにむかってくるところだった。

その男はかなり大柄であった。そして、頭には簡単な革のかぶとをつけ、胴丸をつけ、別々になっている腰おおいとすねあて、籠手あてをつけた、軽便な防具すがたであった。腰には剣帯をしめ、その剣帯からは相当に大きな大平剣がぶらさがっていた。革のかぶとは頭を完全におおうものではなくて、十字型に頭にまわされて、あごをとおって耳の下でしめるようになっているものだったので、その革ひものあいまから、赤茶けたちぢれた髪の毛がのぞいていた。

明るい灰色の目がグインを正面からひたとにらみすえていた。あごの四角く割れた、かなりごつい大男だ。とはいえ、むろんグインに匹敵するような体形であろうはずもないが、少なくともそれほど小柄ではないスイランよりもずっと大きいだろう。簡単な防具の上からも、盛り上がった肩の筋肉や、籠手あてがはちきれんばかりの腕の筋肉、腰おおいのあいだからのぞく、ぴったりとした足通ししかつけていない太腿の盛り上がった筋肉、などがはっきりと見えた。なかなかの手練れであるとも見えたし、あまり若くない年齢からいっても、かなりの経験をつんだ戦士であるとも見えた。

「ロウ・ガン！　ロウ・ガン！」

客席を埋めている観客たち——それはどうやら、身なりからいっても、タイスの貴族たちや富裕な町人たちのようであったが——の口から、その男の名らしいものがさかんに呼ばれたのからしても、この男が、どうやらタイスの闘技好きの連中にはお馴染みの戦士であるらしいことは確かであった。

「次の試合！」

ろうろうと、とてつもなくよく響く声のふれが、白砂の競技場の全体に響いていった。

「大平剣による一対一の試合！　制限なし一本勝負！　西方、タイスのロウ・ガン！

タイスのロウ・ガン！」

「ロウ・ガン！　ロウ・ガン！」

また、どっと歓声がおこる。どうやら、かなり、この男には贔屓がいるらしい。タイスのロウ・ガンは、腰からさっと大剣を抜き取るなり、それをかざして、その声援にこたえた。落ち着き払ったそのようすをみても、この男が相当にこういう、いのちをかけた試合に馴れていることは明らかだった。タイスの、と名乗っているものの、その髪の毛の色も、目の色も、体格も、どこからどこまで、タルーアンの血が入っているだろうことは明らかだ。あるいはタルーアン人そのもので、ただ、タイスに長く暮らしているゆえ、タイスのロウ・ガンを名乗っているのかもしれなかった。ロウ・ガンは大剣を両手に持ちあげると、頭上にそれを持ち上げて四方八方にむけて愛想をふりまいた。

「東方！　旅芸人、グンド！　初出場、旅芸人、グンド！」

ふたたび大声がふれると、わあっという歓声がわきおこる。それは、期待とも、好奇心とも、なんともつかぬざわめきであった。同時に、この闘技場の客席を埋めた大勢の客たち、およそ数百人もいようかという客たちが、いっせいに何かぼそぼそとささやきかわすらしい声が聞こえてきた。風にのり、どれもがひとかたまりとなって、何をいっているともつかなかったが、どうせ、グインの豹頭や、その雄渾な体軀についてのささやきかわしでもあったのだろう。

グインはゆっくりと足をはこび、闘技場のまんなかへと歩み寄っていった。ふしぎなことにもうグインの脳のなかから、ほとんどの人間らしい感情の働きもすべて停止し、ただそのかわりに、戦闘機械としかいいようのない、冷徹きわまりない計算機が動き出してでもいるかのようだった。

「グンド、グンド！」

まだ、まったくたたかいぶりを見せていないはずのグインにも、おしみなく声援が向けられたのは、その異形のゆえであったか、それとも、すでに、タイ・ソン伯爵の晩餐会でグインの一座が披露した出し物で、グインの動きを確かめたものたちが、期待の声をあげていたのか、どちらかであったろう。

「お前は、はじめてか。クムの闘技に出場するのは」

かなり近づいたときになって、ロウ・ガンが声をかけてきた。その明るい灰色の目は、特に殺気をたたえるということもなく、グインを見つめていた。

「ああ」

グインはうなづいた。

「作法は教わったか」

「いや、何も」

「そうか。では教えてやる。俺のするとおりにしろ」

ロウ・ガンは闘技場の白砂の真ん中近くまでゆっくりと歩いてゆくと、正面――タイ・ソン伯爵のいるその天蓋のついた貴賓席に向き直った。

グインも真似した。闘技場のまんなかは気持高くなっており、そのさらにまんなかに、一本の長い線のようなものがひかれていた。

「その線をこえるな。その線より、二タッド以上離れて立て。俺と同じくらいの対称の位置にだ」

「ああ」

ロウ・ガンが大剣を両手でかざし、右手に柄をつかみ、左手で剣さきを持って、頭上高くさしあげたので、グインもそのとおりにした。

「いつくしみ深き我等が支配者、タイス伯爵タイ・ソン閣下に、死を賭して戦いに赴く者共より、御挨拶を申し上げます！」

ロウ・ガンが叫んだ。これは、グインは、もごもごと唱和するふりをするだけでよいことにさせてもらった。

「われら両名、戦いの神ルアーに誓って、卑怯未練のふるまいをせぬこと、ルアーの名に恥じぬ戦いをすること、負けを喫したる者は戦士の名誉にかけて、その命を奪われようとも、うらむまじきことを誓います！——おい。誓います、と云え。新入り」

「誓います」

グインは大人しく唱和した。そして、ロウ・ガンが剣を捧げたまま片膝をつき、片膝立ちでふかぶかとタイ・ソン伯爵に礼をしたので、それにもならった。

「よかろう」

伯爵がいうのがきこえてきた。伯爵の声は小さかったが、どうやらかたわらに何か伝声管のようなものがそなえつけられて、拡大されているようであった。

「わが慈悲は勝者にも敗者にも平等である。ルアーの武運あれ」

「ルアーの武運あれ。——おい、唱和しろ」

「ルアーの武運あれ」

グインはとなえた。

「では、はなれるんだ。——試合の開始だ。容赦はせんぞ、豹男」

ロウ・ガンが、ぱっと向き直って、グインのほうを向いた。あいだにまだ、いまとったのと同じだけの距離をあけたまま、剣を胸のあたりにたいらに構えている。

「今日の試合は制限なし一本勝負だ。命が惜しければここで死ぬことはない、これはただの腕試しだからな。『慈悲の願い』を行使したければ、剣を大地につきさして仰向けに倒れればいい。むろん、降参なら剣を投げ出して地面に平伏するのだ。それで試合は終わる」

「有難う。では、べつだん、この試合では、相手を必ず殺す必要はないということだな」

グインは穏やかにいった。ロウ・ガンの目が光った。

「ああ、そういうことだ、だが、殺してもかまわんのだぞ。殺すことが出来ればな。俺は前回の水神祭り闘技会の、平剣の部十八位入賞者だ。いっておくが、平剣の部の選手は全部で百人以上いたのだ。それを覚えておくことだ」

「わかった」

静かにグインは云った。

「肝に銘じておこう。相手が剣を地面に投げ出して平伏すれば、それで試合は終わるのだったな」

「ああ、そのとおりだ」

「では、そうさせてもらう。もうはじめてよいのか」

「ああ、いいとも——何だと?」

瞬間、ロウ・ガンが、何か云おうとしかけた。

だが、その刹那であった。

誰にも、何がおこったか、わからなかったに違いない。グインは一瞬にして、まだ剣をかまえてさえおらず、剣を胸に横に捧げたままでいたロウ・ガンのふところめがけて、信じがたい速度で飛び込んでいた。

あっと声をあげるひまさえもなく、ロウ・ガンの剣ははるか闘技場の空高くはねあげられていた。次の瞬間、グインは剣をすばやく腰の鞘におさめざま、ロウ・ガンのうしろにまわり、ロウ・ガンの手をかるくうしろにねじあげ、そして膝のうしろをかるく膝でついて、ロウ・ガンをひざまづかせた。そのまま、ロウ・ガンはなすすべなく白砂の上にねじふせられた——あまりにも、あっという間の出来事だったので、誰も、何がおこったのか、正確なところは把握できなかったに違いない。

「勝負あった」

ごく機械的に、審判をそこからつかさどっているとおぼしい、天蓋のある貴賓席の下の張り出した席にいた黒衣の男が大声で叫んだ。そして、東側の壁の側へむけて、大きな動作で、長い棒のさきについた白い旗をあげ、激しくうちふった。

「な——なんだと……？」

押さえ込まれたまま、ロウ・ガンは、何がなんだかわからぬようすだった。首をねじって、その目が、仰天しながら、かろうじてグインを見上げる。

そのとき、高い空から、ぶんとすごい速度で落ちてきた、ロウ・ガンの剣が、いきなりぐさりと白砂の上に、ロウ・ガンから二十タッドばかりはなれたところに落ちてきて、まっすぐに砂に突き立った。そのまま、半分以上もふかぶかと突き刺さってぶるぶるとふるえている。

「なんてことだ」

タイ・ソン伯爵が叫ぶのが、遠く風にのって聞こえてきた。

「いったい、何をやったのだ。何も見えなかったぞ。お前は魔法を使ったのか。お前は魔道師か、豹頭の男」

「………」

グインは、ロウ・ガンを放した。

ちょっと離れたところに立つと、丁重に、会釈してみせた。そのときになって、はじめて、「わああッ」という、異様な歓声が、競技場の観客席をゆるがせたのであった。

4

「なんてことだ……」

グインを建物のなかに連れ戻しながら、世話役としてグインの個室の前についていたらしい黒服の男がうめくような声をあげた。

この闘技場では、多少魔道師じみた黒い長い服に、頭にも黒い丸い帽子をかぶって、胸のところに大きな白いぬいとりでいくつかおきまりらしい模様を描いた衣類を身につけている連中が、進行係や、審判や、すべての闘技の裏方をつとめているらしかった。そのような男たちが何人もいて、そしてぐるりと客席の下にめぐらされている、東の棟と西の棟の小さな個室のドアの外にいて、扉をあけたり、後始末をしたりしているようだったのだ。審判の席は貴賓席のすぐ下、闘技場からは二タールばかり上がっている場所に、張り出したバルコニーのような審判席がついていて、そこに黒服の男が三人いる。同時に、反対側の、つまりはおそらく一番北側の壁のところにも、同じように審判席がついていて、そこには二人の黒服が座っていた。

「さあ、こちらにこい。こちらは次の試合までの控え室だ」

グインの扉の外側にいて、扉をあけてくれた黒服の男が、グインをこちらにくるよう手招いて、東のその壁にそっている通路を、一番端まで案内してゆくあいだ、客席の連中は口々に悲鳴のような声をあげていた。それは怒号のようでもあれば、信じがたいものをみた喝采のようでもあった。グインは、ふいに、足をとめた。

「ちょっと、待ってくれぬか」

「なんだ」

「東方、アルセイスのスイラン！　アルセイスのスイラン！」

ふれ係の叫ぶ声が、グインの耳に入ったのである。

「すまぬが、ここでちょっと見ているわけにはゆかないか。次に出るのは俺の連れなのだが」

「競技が行われているあいだには、他の選手は一切闘技場にいてはならぬのだ。むろん、組競技の組手なら別だが」

案内している係のものは、ぶっきらぼうに説明した。

「この闘技が見たいのだったら、すぐにいま入る扉から入ってから、二階の勝利選手控え室にゆくがいい。そこからなら窓があいて、下が見下ろせるぞ」

「わかった。だが勝利選手控え室と、負けた選手の控え室があるのか。驚いたな」

「違う。勝利選手にだけ控え室があるのだ。負けた者には控え室などない」

係員が説明した。うしろではさらに大声がひびいている。

「西方、ルーアンのドー・ホン。ルーアンのドー・ホン。平剣による一対一の勝負！」

それを聞きながら、いそいでグインは、案内された扉を入り、あまり広くない階段をあがって、二階へかけあがった。

「この扉のなかが勝利選手の控え室だ。今日の試合はこれが最後となるか、それともまだ次の試合があるか、決まり次第呼びにくるので、お前はここから出てはならぬ。いいな」

係がそういうのもしりめに、急いで室に飛び込む。そこは、あの準備室とよく似ていて広い、まんなかにやはり木製のテーブルとベンチがあり、まわりに休憩用の簡易寝台のある殺風景な室であったが、違うのは、片側の壁がすべて窓、というよりも上から下までの水晶の扉のようになっていて、その外に手すりのある張り出したバルコニーがあることであった。

「あ、お前」

中にはすでに数人の男たちがいた。それが声をかけてこようとするのを無視して、グインはバルコニーにとんでいった。

「すまぬ、連れが試合に出ているのだ。ちょっと待ってくれ」

言い捨てるなり、扉をあけてバルコニーに出、その手すりに寄って闘技場を眺めやる。すでに、試合ははじまっていた。

ここはおそらく正規の観客席のすぐ真下の少しひっこんだようになった場所にあるようだった。ここからみると、戦いがおこなわれている闘技場のまんなかはかなり遠く、選手たちは、豆粒とはいわぬまでも、それに準じるほどにしか見えない。グインほどに良い目をしていなかったら、遠くで虫けらがふたつうごめいている、としか見えなかったかもしれなかった。

グインは目を細めてバルコニーの手すりにつかまり、なるべくよく見ようと身を乗り出した。その、うしろにふいに気配がたち、さっとグインはふりむいた。

「なんだよ、何もしやしねえよ、心配すんなよ、豹頭さん」

いくぶん焦ったようすで、そこに立っていた男が云った。いかにも剣闘士らしい立派なごつい体格に、白い鎧下と足通しという、ここでの制服のような格好の、そこそこ年のいった男だ。頭をつるつるにそりあげ、そのかわりに鼻の下にもあごにももみあげにまでつながるほどに、もしゃもしゃに髭をはやしている。その目は明るい青だった。

「ほら、これを使いな。お連れの試合ぶりが気になるんだろ」

「ああ、すまぬ」

男がごつい手で差し出しているのは水晶の板をはめこんだ遠めがねだった。礼をいって受け取るといそいでグインはそれを目にあてた。まるい視野のなかに、こんどはくっきりと、戦っているスイランが見えた。

（相手は、ルーアンのなんとやらといっていたな……）

さっきよりはずっとよく、スイランの顔まで見分けられる程度には拡大された、とはいいながら、やはり小さな遠めがねのレンズのなかだ。だが、その中で、スイランは平剣をふるい、なかなか派手に戦いをくりひろげている。グインのように一瞬で勝負を決めるとまではゆかぬのだろうが、それでも、グインの見るかぎりでは、明らかにスイランのほうが相当腕前が上だ、とわかって、グインはかなりほっとした。スイランの相手もかなり大柄で、全体にやはり生き残るためには大柄なやつのほうが強いのか、出てくる闘士たちはみなクムや中原の平均よりも大柄なものが多い。カン、カン、と激しくぶつかりあう平剣のひびきはとうていここまでは聞こえてくるわけもないが、しかしそれがきこえてくるような激しい剣戟がくりひろげられている。だが、一合、一合打ち合ううちにスイランの優勢がはっきりしてきて、そして、三合をなかばすぎたあたりで、スイランの相手がやにわに剣を投げ出して、白砂の上に両手をついた。

「参った」

そう叫んだのだろう。いそいでグインが遠めがねをそちらに向けると、審判が審判席から白旗を東の建物にむけてぐいぐいと振るのが見えた。スイランの勝利であった。

（やれやれ……）

いささかほっとしながら、グインはバルコニーから、部屋のなかへと戻っていった。

さきほど、グインに遠めがねを貸してくれた禿頭の髭男が、太い腕を分厚い胸に組んで、バルコニーのすぐ手前に立っていた。

「あんたの相棒が勝ったようだな」

「なぜわかる？　遠眼鏡を貸してくれてしまったのに」

「どちら側が勝ったのかは、すぐに白旗をみてこちらの東棟全体に告知が出される。それによって記録がつけられるんだ。東棟と西棟全体での勝敗にも、金がかかってるんだよ。ま、今日は平日だから大した金額じゃあねえが」

「そうなのか。すまなかったな、これ」

「ああ、いや。へええ、ほんとに、うわさにゃ聞いてたが、この豹頭が普通に喋るのをきくのは、魔道師のわざとはいえずいぶん妙な気分のものだな。おらあコームだ。クラトのコームだよ。クムの生まれだが、ケイロニアの血をひいてる。だからでかいのだが、お前はまたとびきりでけえな」

「ああ、親父のほうにタルーアンの血が入ってるらしい」

「ああ、そうだろうな。タルーアンでなけりゃな。ここまででけえ奴はできやしねえ。去年、水神祭りで最後まで勝ち残って、結局ガンダルにやられて準優勝だったにもかかわらず、伯爵様の怒りをかって、あっさりその場で毒を飲まされちまったサバスも、タルーアンの血が入ってたよ。——ま、タルーアンのやつらはなあ、巨人族ってくらいなもんだからな。それに匹敵するなあ、あのうわさにしか知られてねえ、ノスフェラスのラゴン族くらいのものさ。だがやつらはサルの親戚で、ことばも喋れねえんだそうだしな」

「さあ、俺はノスフェラスには縁がないからな。何も知らんが」

グインはぬけぬけと云った。

「まあ、普通の人間なら、それで当り前さ」

コームは云った。

「あんた、なんかえれえ強かったようだな。おっそろしい早さで勝利の知らせがこっちにきたから、なにごとかと思ったぜ。バルコニーでいまのあんたみたいに、様子をみてた連中も、いったいどうなったんだか、全然わからねえって云ってた。いったい、どういう芸当をやらかしたんだ？」

「そうだ、なんか、すげえ勢いで相手を組み敷いてたが、こりゃあ素手格闘の部じゃなくて、大平剣剣闘の部だったんだろう」

別の大男が近づいてきて面白そうにいった。

「あんたが組んだのはタイスのロウ・ガンだろう。あいつは悪くねえ剣士で通ってるはずなんだ。確か、去年の水神祭りじゃあ、けっこういいとこまでいってる。といって、まだ中堅どころってとこだろうが、真面目に研鑽して、このあとが期待されてる。それが、ああも簡単にやられちゃあな、奴への賭け金も減るだろうし、なかなかおさまらねえわな」

「ま、弱いもんは弱いんだから、しょうがねえだろう、ハン・ソン」

ばかにしたようにコームがいう。

「負けるってこたあ、ロウ・ガンが弱いんだ。たとえ相手が魔道を使おうが、どんな卑劣な手を使おうが、な。ここじゃ——タイスじゃ、勝ったものが正義なんだ。負けた者は間抜けなんだ。それだけだろうが」

「そりゃあ、そうだ。だが、ロウ・ガンはいい剣士のはずだ、っていってんだ。——なあ、豹男、お前、その頭は魔道師に頼んで、ケイロニアの豹頭王に化けるというか、扮するために魔道をかけてもらったんだというもっぱらの評判だが、そうなのか」

「ああ、そのとおりだ」

「だったら、お前も魔道師なのか？　ここじゃあ、魔道師が剣技の闘技に参加することあ——いや、魔道師はすべての部門にわたって、参加は禁止されてる。もしお前が魔道師だってことがわかったら、お前は処罰されるぜ。拷問をうけて、水牢に落とされるかもしれねえ」

「とんでもない。俺は魔道師どころか、魔道のまの字も知っちゃいない」

グインは云った。

「俺は、魔道師にこの頭になるよう、魔道をかけてもらったものの、あまりにききすぎて、もとに戻れなくされてしまった。だが、魔道師は、もとに戻すにはたいそうな金を要求した。だから、俺は、なんとかして、もとの本当の自分の顔を取り戻すために、金を稼がなくちゃいけないのだ。だから、こうして、タイスまで巡業してきたら、突然伯爵に、お前は興行しているよりも、戦ってみろといわれてここに連れてこられてしまったのだ」

さすがに、多少鬱憤の滲んだ口調になったグインを、まわりにむらがってきた十人ばかりの剣闘士たちは面白そうに眺めた。

「ほう、そうなんだ」

「なるほどなあ！　うかつに魔術の力を借りたはいいが、とんでもねえことになっちまった、っていういい見本なんだな」

「なるほどなあ、俺も、気を付けよう。ああいう魔道師ってやからは、そうやってひとをだまして、いいように云ってその実ひどい目にあわせるってのは、よくきくからな！」

「まったくだ。おまけにこの頭をしてたら、どこにいっても、ケイロニアの豹頭王だろうと――そうとは疑われはしないものの、それをまねてるだろうといわれて、いろいろと疑いをかけられる。早く金をかせいで顔をもとに戻してもらわなくては、俺はいまにケイロニアから、豹頭王に化けたといってつけねらわれるだろう。こんな恐しいことはない」

「まあな、よくわかるぜ。だが、気を落とさないことだ。ええと……」

「グンドだ。モンゴールのグンド」

「グンドだったな。なあ、グンド、あんたほど腕がたつなら――それにそのがたいだったら、ちょっとこのあと勝ち進んでゆけばどんどん懸賞金がふえてゆくだろうし、賭け金の率もどんどんあがってゆくだろう。そうしたら、ある一定の率をこえたらこちらにも――戦うほうにも見返りがふえる。水神祭りで優勝でもしようもんなら、一躍あんた、タイスじゅうの英雄になれる上に、大金持ちにだってなれるさ。簡単だよ。自分で、自分に賭ければいいんだ。奴隷以外の武闘士は、賭けることも許されている。ただし、相手に賭けることは許されてない。自分に賭けることは許されてるし、自分の出場する以外の競技に賭けるのはまったく自由だ。むろん自分の出場する競技で自分の相手になるかもしれないすべての選手に賭けることは禁止だ、それを賭けて、それでその金ほしさに八百長をやられたら、ほかの賭けた者たちはたまったもんじゃねえからな。だが、あんたくらい強ければ、自分に賭けたらたいへんな金が集まるだろう。もっともあまり強すぎるとそれはそれで、全員があんたに賭けるだろうから、大穴のうまみはなくなるがね。——しかし懸賞金だってあるんだから、充分すぎるほどにいい思いが出来るだろう。魔道師の借金なんざ、すぐに返せると思うぞ」

「そいつはたいそう耳よりな話だ」

グインは云った。

「それはいい。ということは、この水神祭りの競技会に勝って優勝すれば、金は思いのままってことか」

「特に今年の水神祭りの会はな。——去年、そのタルーアンのサバスを出して、タイ・ソン閣下は必勝を期していたのに、結局サバスはガンダルに負けた。それで、閣下は本当に怒り狂ってサバスを毒殺してしまった。たったまだ二十二歳だったのに、気の毒にな。ガンダルに負けたところで恥にはならぬし、ガンダルも、このうち有望だと思えばこそ、《最後の慈悲》を使ってくれたのに。だがまあ、あれだけタイ・ソン伯爵が怒り狂っていちゃあ、ああしてあの場で死んだほうがやつのためには幸せだったかもしれねえな。なあ」

「まったくだ。もしあのまま生きて競技場を出たとしたら、たぶん、もっと怒りにふるえた伯爵が、あいつを地下水路の水牢に突き落としただろうからな。そしたらあいつは飢えと恐怖とで気が狂うまで苦しみ抜いて死ななくてはならなかっただろう。また、あの若さで、おまけにガンダルといいとこいくような剣闘士なんだから、体力もある。衰弱して死ぬまでにゃ、たいそう長いことかかるだろうしな。じっさい、おそろしく、残酷な刑罰だよ、あれは。あれだけは、おらあ真っ平だな。水牢落としといわれたらその場で自分の剣でのどをついたほうがマシだ」

「まったくだ」

口々に剣闘士たちは賛成した。

かれらはみな、かなり若いものもいれば、けっこう年をくったものもいたが、いずれもいかにもこの商売をずっとやってきた、というすごみもある上、妙に生死を超越したような落ち着きや朗らかさを感じさせた。おのれの生命をかける勝負を商売にしているせいか、戦場で戦うのをなりわいとする傭兵ともまた違う、独特の雰囲気が漂っていたのだ。それはグインには不愉快なものではなかった。

「さあ、ここに入って待っていろ。次の試合が決まれば係の者が呼びにくる。今日はこれで終わりだということになれば、帰ってよいと云いに来る。それまで、いずれにせよここで休息しているのだ」

係の声がして、扉があき、入ってきたのはスイランであった。

「あッ。グンドの兄貴」

スイランは、まだ軽く息をはずませていたが、グインを見るなり嬉しそうな顔をして、駆け寄ってきた。

「やれやれ、有難え。なんとか勝てたよ。いっときはちょっとだけ苦戦するかと心配したが」

「なに、お前のほうがかなり腕は上だっただろう」

「いや、とんでもない。それよりか、俺ぁ見せてもらえなくて残念なことをしたが、兄貴の試合がたいそうもなく凄かったんだって？」

「そいつ、お前の兄弟分なのか、グンド」

面白そうにコームが云った。

「というわけでもないが……」

「ああ、そうだよ。グンドの兄貴は俺にとっちゃ、尊敬してやまねえ兄貴分だ」

グインの言葉を素早く、スイランがうち消した。

「兄貴の試合が見られなくて残念だったなあ。だが、とてつもなく早く終わったんだぞうだな？」

「あっという間だったな。ほんとに一瞬のことで、遠くからじゃあ、何がなんだったかわからなかったくらいだ」

他の剣闘士が答えた。コームが笑った。

「遠くからでもわからねえが、近くからでもわからなかったようだ。しばらく観客もきょとんとしていて、それから大歓声がおきたからな。あまりにこの旦那の動きが素早かったんで、何がどうなったんだか、わからなかったんだろう。——ちょっと失礼」

コームが手をのばして、グィンの肩をつかみ、太い二の腕をつかんだ。

「やっぱりな。見てもそう思うが、すげえ筋肉だ。実にやわらかい。——いったいあんた、どうしたら、こんなでけえがたいで、こんな柔らかいいい筋肉をしてられるんだ。何を食ってる？　どんな鍛え方をしてる？　是非教えてほしいもんだ」

「特に変わったものを食っているとも思わんが……」

「嘘をつけ。俺達なんか、仕事柄、いったい何を食うのが一番いいのか、四六時中大騒ぎでよるとさわるとその話ばかりしているぜ。ある者たちは、肉だけ食っているのが一番いいといい、違う連中は、違う、肉を食うと筋肉がかたくなるので、むしろ野菜とガティだけを食って禁欲するといい、という。また、酒は禁物だというものもいりゃあ、酒は飲むのではなく、からだをマッサージするといいというものもいる。また、これは伝説だろうけど、誰もが半分以上信じているおっそろしい伝説もあってな。あの伝説的な英雄ガンダルはな……」

「ああ」

「きゃつは本当にこれこそ《特別料理》という食事をしかせんそうだ。それがあの——あの年齢になってもあのすばらしい筋肉を維持している秘密なのだというんだが、あまりにえぐいので、誰も信じちゃいねえ。というか、信じたくねえんだな。だって、なんだか、わかるか、その秘密の特別料理、ガンダルの若さの秘密ってのが？」

「いや……」

「人間の赤ん坊の肉だってんだぜ！」

ぶるぶるっとコームがからだをふるわせてみせた。他のものたちも、その話はいやというほど知っているらしく、大きく身震いしたり、顔を見合わせたりした。

「いや、赤ん坊だけじゃねえ。幼児でも――最悪、柔らかいとこだけ食えるなら、十三、四歳の少年まではいいんだそうだが、ただし、どういうわけか知らねえが、《男の子だけ》じゃねえと駄目なんだそうだ。女の肉をくらうと勇気がしぼむ、女の肉のなかには、筋肉うんぬん以前に、男を女っぽくしてしまういけねえ何かの毒素が入っているんだとガンダルは云ってるんだそうだよ。だが、ガンダルの栄光を維持するために、ガンダルの小屋主であるタリク大公は、好きなだけ、ガンダルに柔らかい男の赤ん坊の肉だの、小さな男の子の肉だのを食わせてるんだそうだ。とてつもねえ話だろう」

「………」

「そんなの、伝説じゃないのか？　なんぼなんでもそんな怪物……」

グインは黙っていたが、思わずスイランが黙っていられなくなって叫んだ。

「そんなの、あまりにあまりじゃないか」

「と思うだろう。だがな、そいつは、ガンダルを見たことのねえ奴のいうこった。本当にガンダルを見てみろ、いっぺんで納得がゆくぜ。それほど、きゃつは怪物的だ。——でけえこともとてつもなくでけえんだが——ま、あんたとはいい勝負かな、豹男——なんというのかなあ、ほかに云いようがねえなあ」

「おそろしくぶさいくなのか」

好奇心をもやしてスイランが云った。コームは首をふった。

「そんな言葉じゃ言い表せねえなあ。やっぱり、だから、怪物なんだ。きゃつはもしかして、半分は人間じゃねえんじゃねえか、だからあんなに強いんじゃねえかと云われてさえいる。ま、あんたが本当のケイロニアの豹頭王なら、頭がほんものの豹の人間なんだから、そりゃ、ガンダルを退治るにはもっともいいはずだがな。しかし去年のサバスの敗北で、ますます俺たちのあいだじゃ、『誰にもガンダルは倒せない』という、ガンダルの不敗伝説が強まってしまってる。きゃつは人間じゃねえ、もしかして、不死なんじゃねえか——何か悪い悪魔に魂を売ってあの強さとからだと不死を手にいれたんじゃねえか、というようなうわさがどうしてもやまねえ。それというのも……」

コームがなおも言いつのろうとしたときだった。

かるいノックの音がして、通路側のドアがあいた。入ってきたのは、黒い制服に黒い丸帽子をかぶった係の男だった。

「旅芸人モンゴールのグンド」

手元に持った紙を見ながら係は大声で呼び上げた。

「いるか。返事をしろ」

「ああ。俺だ」

「これより、少しあとにやってくる案内人にともなわれ、別室にゆくがいい。そこで、説明をうけよ。こののち、もうこの闘技場での通常試合に出る必要はない。そのかわり、タイ・ソン伯爵が、個人的に御前試合をいくつか見せてもらうとのご所望なので、小闘技場にて御前試合をすることになる。その剣でよいならばそのままいまこちらが持ってゆく。違う剣を選びたければ、小闘技場の武器室で選ぶがいい。それから、ユラニアのスイラン」

「あ、はいはい」

「そのほうはあと一回違う得物にて試合をせよとの伯爵の御命令だ。そして、それに勝ったならば、二種競技の闘士として登録せよということなので、心して異なる得物を選ぶがいい。小刀子を使わなかったが、小刀子が得手物であるなら、次回の試合はそれのみにせよとの御命令だ。お前の試合はただちに行うので、もし小刀子以外のものを使うなら武器室に戻れ。そしてまた控え室で待て。——グンドはただちに別室へ案内係と同行し、おっての沙汰を待て。よいな」

係はじろりと他のものたちをも見回した。

「本日の平常の試合、午前の部は、こののちスイランの一試合にて終了だ。他のものは、午後の試合に予定されておらぬ者は戻ってかまわぬ。こののちは、伯爵閣下はこのグンドの試合のみをご覧になりたいと仰せだ」

第二話　グンドの戦い

1

「さあ。ついて来い」

命じられて、グインは、大剣をさげたまま立ち上がった。

「得物はその剣でよいのだな。お前は他の権利の二点を選ばなかったときいたが、ずっとそれでゆくつもりか。折れた時に補充がきかんぞ」

「ああ。大丈夫だ」

「奴は、剣にはふれさせもしねえつもりだとよ」

面白そうに室の隅でこれまでのグインたちのやりとりをきいていた別の剣闘士が叫んだ。

「剣で打ち合うには強すぎるから、剣にさわらせもしねえから、一本で間に合うんだろうよ」

「そいつはすげえや」

どっと歓声が起きる。案内係は馴れっこのようすで手にしていた、先端にふさのついた長い棒をふりまわした。

「静かにしろ。さあ、来るのだ、グンド」

「もうすぐに行かねばならぬのか？　俺は出来ることなら、この連れのスイランの次の試合を見たいし、女子部の方でも同じ一座のものがひとり出させられているので、その勝敗を知りたいのだが」

「勝敗が知りたければあとで宿舎に戻ったときにきくがいい。ともかく伯爵様をお待たせすることはならぬ。お前はいますぐ来るのだ」

容赦なく案内係がきめつけたので、グインはしょうことなしに立ち上がった。

「そういうことだ。スイラン、頑張れよ」

「ああ、有難うよ、グンドの兄貴。兄貴にゃ、頑張れよという必要もなさそうだな」

スイランは面白くもなさそうに片目をつぶってみせる。

「兄貴に見届けてもらえねえのが残念だが、どうか武運を祈っててくれ。兄貴にゃ、たんまりとルアーの神のご加護がついてるようだからな」

「幸運を祈る」

グインは片手をあげていうと、そのまま、いくぶん心細そうなスイランをひとり残して、係の者のうしろについて控え室を出た。

こちら側も最初と同じような通路がずっと続いている。男は通路をたどり、階段をのぼり、階段をおり、そしてまた別の階段をのぼって、今度はもうちょっと身分の高い人間の居住用の区域と思われる、もうちょっときらびやかに飾りたてられた廊下に出た。それは、最初にこの城についたときに通ったところと似てはいたが、同じではないようだった。

「この先に閣下の個人的にお使いになられている私的な闘技場がある」

係は説明した。

「お前はそこで命令どおりに戦うのだ。さきほどまでの、公共用の闘技場でのさまざまなしきたりはみな忘れてもよい。今回はご覧になるのはタイ・ソン閣下だけだ」

「………」

グインはうなづいただけで、何も返答しなかった。

係の者はグインを連れてさらにこんどは、扉をあけ、中庭らしいところに出ると、回廊を通り、美しく整備された中庭をまくようにして、つきあたりにあったもうひとつの建物の扉をあけた。そこに、地下におりてゆくらしい階段があった。

その階段はこんどはけっこうかなり深くまで下っているようだった。グインを連れた男は、その階段をこんどはどんどん降りてゆくと、つきあたりの扉を叩いた。その扉が開くと、そこには、あっと驚く景色が待っていた。

それは思いも寄らなかったようなもの——扉をあけるまではとうていそこにそのような大規模なものがあるとは想像できないような、かなり大きな地下の闘技場だった。といって、さすがに、さきほどグインが戦った白砂の闘技場に比べたらずいぶんと小さい。さしわたしは百タッドくらいのところだろう。楕円形の、真ん中がいくぶん盛り上がった堅そうな地面になった、地下の部屋で、まわりにはぐるりと白い円柱がめぐらされている。天井はひらたく、かなり高くて充分にグインくらいの大男が長槍をふりまわせるくらいはあった。

両側に円柱のあいだに白い壁があり、その壁にいくつかの扉がある。そしてつきあたりには、あの闘技場にあったのと同じ、張り出しバルコニーになった観客席があったが、それだけで、ほかに、一般の観客席のようなものはもうけられていなかった。

「こちらに来い」

案内係はグインを連れて、その円柱のあいだの一番手前の扉のなかに入っていった。そこは薄暗い、いかにも地下らしい重苦しい感じの通路になっていた。そこをぬけてゆき、また別の扉をあけ、控え室らしい一室に入る。そこにはまたさまざまな武器や防具、さらに奥に棚があってそこに籠がおいてあったりして、雰囲気はさきほどの控え室と似ていたが、もっとなんとなく秘密めいていていた。

「その籠のなかにお仕着せの衣類がある。どれでもかまわぬから大きさのあいそうなものをとって、それに着替えるのだ」

「着替えなくてはならぬのか？」

グインはきいた。係はうなづいた。

「そうだ。着替えて、そしてそのつきあたりの扉から入ってゆき、そこで待て」

「……………」

グインは、黙って云われたとおりにした。

籠の中に用意してあったお仕着せの衣類、というのは、黒光りする革の足通しと、それにその足通しの腰につける腰帯であった。幅広の、しなやかな革で作られた腰帯はうしろから両肩にまわして交叉させて腰の前で止める幅広の肩ひもがついている。そして、また、同じ色の革の、ひもでしっかりと結びとめるサンダルがあった。用意されていた中で一番大きいものでも、グインには多少小さめであったが、足通しは伸縮性のある革だったのでなんとか通った。腰帯とサンダルのほうはひもで縛る式だったのでなんとかなった。さらにその上から剣帯をつけ、持ってきた剣を腰につるす。そのほかは上半身は裸のままの、かなり無防備な格好であったが、グインは何も文句を云わなかった。あまり重たい鎧や防具を身につけるのが好きではなかったし、かえって、日頃からの服装にはこちらのほうが近く、自由に動けるのはこのほうが歓迎だったのだ。

「それにしてもたいそうみごとな筋肉だな！」

それまでむっつりとして、グインを案内した係の者も、グインの身支度を眺めていると、さすがに感じ入ったように思わず云った。

「本当にルーアンのガンダルにも匹敵すべきからだだ。さあ、準備がすんだら、つきあたりの扉から、控え室に入って待て」

グインは云われたとおりにした。

係の男はそこで任務はおしまいらしく、控え室へまではついてこなかった。扉をあけると、そこは細長い、壁にそってベンチと休憩用の寝台もついている控え室だった。見た目はさきほどの闘技場の控え室と変わらなかったのだが、なんとなく、入った瞬間に、グインは奇妙な感覚を覚えた。それは、（血なまぐさい――）とでもいうしかないような、奇妙な圧迫感だった。まるで、そこをかつて使用し、そして血を流して死んだり傷ついたりした闘士たちのうらみや苦しみや血の記憶が、その、かなり濃い色で塗られた壁と床をもつ細長い室にたちこめている、とでもいったような、何か陰惨な雰囲気がそこにはたちこめていたのだ。

グインはだが、それをおそれることもなく、大剣を抱いて木のベンチに座り込み、黙然と待った。それほど長く待つこともなく、反対側の扉があいた。

「モンゴールのグンド、出よ」

こんどは、ふれまわるのではなく直接顔をのぞかせた、近習らしいようすの男に声をかけられて、グインは立ち上がり、そのドアを出た。そこは、回廊つきのあの闘技場だった。

グインが出たのはこの小闘技場のちょうどまんなかくらいのところであった。さっき見たよりもなんとなく全体に小さく感じられたし、それに控え室にたちこめていた奇妙な陰惨な、血のにおいのようなものは、そうやっていざ、戦う場所に近づいてみると、ますます強くなっているのがはっきりと感じられた。

バルコニーの観覧席には、すでに、あの闘技場から移動してきたらしい、タイス伯爵が数人の取り巻きらしいものたちだけを従えてまんなかに座っていた。今度は、あの闘技場よりはかなり近かったので、タイ・ソン伯爵の顔もはっきりと見えた。タイ・ソン伯爵の座っている豪華な椅子のかたわらには拡声器のようなものがあり、伯爵はそれをとった。

「モンゴールのグンド、さきほどの戦いぶりはみごとであった。だが、みごとすぎてあれではよくお前の実力のほどがわからぬ。それゆえ、今度は、ここで、さまざまな公式競技のしきたり抜きでお前の実力が見たい。闘技場の真ん中に出よ。もう、宣誓の文句だの、礼だのはいらぬ」

グインは黙って闘技場の中央に出てゆき、堅い足元の地面の感触をさりげなくたしかめながら、バルコニーの正面までいって、頭を下げた。

タイ・ソン伯爵は満足そうであった。

「では、まず、最初の選手、出よ。今度は殺してもかまわぬぞ。むろんお前がいまは無用の血を流したくはないというのだったら、慈悲のきまりを適用してもかまわぬ。ただ、なるべく、わしにはっきりとお前の戦いぶりがわかるように戦え。では——ホイ、最初の選手は誰だったかな」

「西に控えておりますのは、昨年度の水神祭り競技会、平剣の部四位入賞、ルーアンのガン・オーでございます」

ホイと呼ばれた男はバルコニーの端のところに立っている、ちょっと派手目のなりをした中年の男だった。タイ・ソン伯爵はうなづいて、そしてゆったりとした椅子の腕木についている物置き棚から、小姓がとって差し出した水晶のレンズをとりあげて、片目にはめこんだ。

「おう、その闘技士のお仕着せがたいそうもなくよく似合うぞ」

タイ・ソン伯爵は眼鏡をつけるとあらためて歓声をあげた。

「それにしてもなんともみごとな体格だ。よし、ではガン・オーとの試合をはじめよ」

「かしこまりました。西の扉をあけよ」

ホイが命じると、グインの出てきたのと反対側の、円柱のあいだの扉があいた。

そこから出てきたのは、長身の、かなりがっちりとした、だがグインに比べたらずいぶんとほっそりと見える男であった。グインとほとんど同じ足通しと腰帯と剣帯、それにグインはしていない、頭にまわした十文字の革ひも、という格好をしていたが、その足通しも腰帯も、茶色であった。腰にはグインのそれよりやや小ぶりの大剣を下げている。

ゆっくりと出てきた男をみて、グインはわずかに筋肉をひきしめた。その歩きぶりを見ただけでも、さきほど軽々と打ち破ったロウ・ガンよりは、かなりこの男のほうが、使い手の剣士であることはすぐわかったのだ。落ち着いた歩きぶりも、また、グインのほうへ、値踏みするようにくれた視線も、冷静で、しかも熟練した剣闘士であることをはっきりと示していた。あらわになっている、たくましい胸に、ひとすじ、左の乳首の下あたりからななめに右腰にかけて、古い白くなった傷あとが走っているのも、いかにも歴戦の古強者らしい印象をあたえる。

「はじめ！」

ホイが、ここでは審判の役割を果たしているらしく、片手で持った、まだ巻いたままの白旗をたかだかとかかげて、それからそれをふりおろした。

グインは、ゆっくりと闘技場の中央にむかって出ていった。ガン・オーはなおも、グインの実力をはかるかのように鋭い目で見つめながら、ゆっくりと足場を探りつつ、やはりグインのほうに近づいてくる。と思うと、すらりとその得物の大剣を抜きはなった。

平剣に比べれば大剣はかなり重たく、そしてごつい。それを自由にふりまわすにはかなりの腕力が必要とされる。だが、ガン・オーには充分にそれだけの腕力があるようであった。グインが選んだものほどではないが、かなりの厚みもある大平剣を抜くと、それを左手で支えるようにして胸の前にたいらにかまえ、かまえたままじりじりとグインのほうに進んでくる。

とたんに、グインが動いた。かるく、まだ剣は抜かぬまま、ひょいとガン・オーの胸もとに飛び込むように踏み込んだ。瞬間虚を突かれたようすだったが、ただちにガン・オーが剣を真横にないでくるのを、無造作にこんどは飛びすさってかわす。ガン・オーがけわしい目でグインをにらみつけながら、剣を持ち直した。

「抜け」

唸るような声がもれる。だが、グインは抜かなかった。

「抜け。抜かぬなら、容赦はせんぞ」

ガン・オーがぶん、ぶんと大剣を右に左にふりまわしながら、間合いを詰めてくる。いったん自ら詰めた間合いを、グインはまた大きく飛びすさってひろげ、どうしたものか考えながらその剣の攻撃を見つめていた。グインの目には、はたからは目にもとまらぬ勢いでふりまわされると見えるであろう、ガン・オーのその剣の動きが、まるで時間の動きをとめたようにゆっくりとよく見えていた。右から左にむけて打ち下ろす動きに比べて、手首をかえして左から右に振り戻すときの動きがやや遅いこともはっきりとわかった。グインはゆっくりと腰の大剣をぬいた。

観客席のバルコニーで、タイ・ソン伯爵がごくりと生唾をのんで痩せたからだを乗り出す。だが、またしても、勝負はあっけなかった。

グインは剣を抜くと、ぐいと間合いをつめた。すかさずガン・オーがぶんと大剣をふってくる。その右からふりおろすのをひょいとはずして故意に剣を打ち合わせずによけ、刀をかえそうとガン・オーが手首をかえしたその瞬間に、その内ぶところに飛び込むなり、グインは峰をかえした大剣の柄で、ぴしりとガン・オーの手首を打った。あっと悲鳴をあげてガン・オーが剣をはなす。その飛んでくる剣を素早く大剣で払いのけつつ、ガン・オーにもおのれにもあたらぬよう、大きく闘技場のまんなかへすっとばす。同時にガン・オーがぱっと飛びすさって両手を地面についた。

「参った」

その口から、するどい悲鳴のような声が漏れた。

「おぬしは、よい剣士だな」

グインはおだやかに云った。息も乱しておらぬ。

「よく見切り時をわきまえている。無駄な血を流さずにすんで俺も嬉しい」

「………」

ガン・オーの顔は蒼白になっていた。その目が、グインを信じがたいものを見たように見た。

「まさか、お前は……」

「旅の、傭兵くずれの芸人だ」

グインは云った。そして、バルコニーに向き直って一礼した。

ホイが、いくぶん気を呑まれたように白旗を東側にむかって上げた。

「一本。モンゴールのグンドの勝利」

ホイが叫んだ。ガン・オーはいそいで剣をひろいにゆき、それをとると、そのまま、こちらを見ることもなく西の控え室に逃げるように入っていった。

「これは驚いた。平剣の部四位のガン・オーでこれだけ勝負にならぬのか。ホイ、次は誰だ」

タイ・ソン伯爵が叫ぶ。ホイは手元の紙を見た。

「予定では、大平剣の部昨年三位のサイロンのモータル、そしてくさりがまの部二位のタイスのコー・ダン、次に……」

「とりあえずその大平剣の部三位の奴を出せ」

タイ・ソン伯爵が叫んだ。

「急げ」

「休憩を与えなくてよろしゅうございますか」

「かまわぬ。見るがいい。グンドは息も乱しておらぬ。休憩の必要など感じておらぬ」

「かしこまりました。では、西の選手、サイロンのモータル、出よ」

そのことばをきいた瞬間、グインはちょっと緊張した。

(サイロン)

マリウスから、それがケイロニアの首都であり、かつておのれがそこに君臨していたことは知らされている。

(ケイロニアの男か……)

ケイロニア人なら、おのれを、よもやと思いつつも、まことのケイロニアの豹頭王と見抜いてしまうようなことがあるだろうか。

そうでなくとも、こうして戦い続けていれば、しだいにおのれが疲れてもくるし、また、しだいに伯爵が水準の高い戦士を繰り出してきて、いかなグインといえどもさすがにあまり偽装が出来なくなるかもしれぬ、ということは、ずっと考えていた。

傲慢のそしりをまぬがれまいとも、グインは、おのれがこの程度の剣士たちに、『敗れる』ということはまったく考えておらぬ。それは、どれほど傲慢といわれようと、おのれのからだの中の冷徹な計算機が告げるのだ。おのれが、これから先あらわれてくる、伯爵の飼っている程度の剣闘士たちなどまったく問題にもしておらぬこと、それほどに、そういう普通にすぐれた剣闘士たちとおのれの戦闘能力とのあいだに巨大すぎるほどのひらきがあることを、グインは当り前のように知っていた。

（だが……あまりここで、次々と勝ってしまえば——それもあまりにも力量のひらきのあるところを見せてしまえば……伯爵に、いよいよガンダルに勝つための切り札として惚れ込まれてしまう、というだけではない——いずれは……）

剣をまじえた当の相手の剣闘士たちから、いずれは必ず、（あいつはただの剣士ではありえない）という確信をされてしまう。

すでに、たったいま剣をまじえたガン・オーの、さいごに自分を見た目つきのなかに、まずかっただろうか、という感じをグインは受けていた。

だが、ガン・オーや最初に大きいほうの闘技場で戦ったロウ・ガン程度の剣闘士をあいてに、弱いと偽装することは不可能だった。逆にそのクラスの相手とでは、力の開きがあまりに大きすぎて、なんとかして何合か打ち合える、というふうに偽装しようとしてみても、動きが不自然になってしまうし、その後に勝つように仕向けるまでが、かえって大変になる。それほどに、動きの速度そのものが、かれらとグインとでは違うのだ。

それゆえに、いろいろひそかに考え抜いた揚句、ある程度まで、自分が本当に強いのだということは、見せてしまうほかしかたがあるまい、というのが、グインの得た結論だった。タイ・ソン伯爵はどうかわからぬが、見守っている観客のなかには、おそらく、これほどにタイ・ソン伯爵が武道好きであってみれば、それなりにかつて武道の手練れだったもと選手だの、あるいは伯爵の気に入りの剣闘士などもいるだろう。そうした、そこそこ目利きのものに見られた場合に、あまりにも弱いふりをしてみせることは、他の動きとあわなさすぎて、ちょっとあまりに無理がありすぎる。

だからといって、おのれのもっている力をそのまま出してしまえば、それはやはり、あまりにも異常なものとして、ついには、「やはりこの男は、ほんもののケイロニアの豹頭王ではないか？」という唯一可能な結論にたどりつかれてしまうだろう。そうなればいっそうグインの立場は困難なことになる。

リギアになんといわれようとも、グインにとっては、べつだんこの状況は好きで望んだことでありはせぬ。ガンダルと戦ってみたい、という若干の好奇心などはあっても、それよりも、騒ぎをおこさずに切り抜けようとした結果がこうなってしまったのだ、という、にがにがしい思いはある。

だが、ここまできてしまった以上もう、タイス騎士団全員を、ひいてはクムの騎士団すべてを敵にまわす羽目におちいることなく、戦わないで無事にここを脱出するのはかなり難儀そうだったし、といってタイ・ソン伯爵のいうことをおとなしくきいていれば、さらにとんでもない羽目に陥ってしまいそうだ。

（これは、参ったな……）

さしものグインといえども、この状況にはかなり困惑はしているのだ。

その困惑の結果たどりついたせめてもの結論は、あまりに弱い相手には、それなりに強いところを見せておき、少しくらい、見ているものが納得する程度に強い相手が出てきたら、それと互角とか、あるいは多少ピンチに陥るようなふりをして隙を見せ——場合によっては多少怪我をしてみせるのもやむをえぬかもしれぬとグインは思っていた——そして、かなり使い手ではあるがガンダルにぶつけるのは無理だろう、とタイ・ソン伯爵に思ってもらう、ということしかなかった。

また、グインが勝ち進むにつれて、タイ・ソン伯爵もいよいよ興が乗りもし、やっきにもなって、どんどん強い戦士を繰り出してくるだろう。

あまりにも、それなり強い戦士を出されたら、いかな俺といえども八百長で弱い偽装をしていたら、いのちにかかわってしまうかもしれぬ、とグインは考えていた。

（それゆえ、見切り時が難しい。……あと一人くらいかるがると片付け、そのあともうちょっと、上位の剣闘士が出てきたら、ちょっと苦戦してからなんとか勝ったように見せかけ——そのさきはちょっと疲れたふりも出来るし、もう二、三人戦わされても、それぞれかなり苦戦してみせて……）

問題は、「負けてみせる」相手を誰にするかだ。

（困ったな……どうして、俺はこんなに強いのだろう……）

こんなかたちで、おのれのわざや筋力や強さをはかったことなどは、これまで、辺境の地で意識を取り戻してから、なかった。

戦闘は何回かあったし、そのたびに、なんでこんなにかるがるとからだが動くのだろうとか、なんでこう、何も考えないでも剣の心得、軍法の心得、兵法の心得がからだのなかで勝手にわきあがってくるのだろう、とほとほと感心もしたが、それでも、ここまでおのれが《強い》戦士だ、とまでは、さすがに自分でさえ認識していなかったのだ。

もっともイシュトヴァーンと一騎打ちで剣をまじえたときに、（この男は戦士としては、相当に上位のやつだ……）と感じたことはあった。

（というより、たいていの戦士はこのイシュトヴァーンにはまずもってかなわぬだろう。気迫もあるし、剣は自己流のようだがそれもずいぶんと磨き抜かれ、おそろしく実戦経験をつんでいる——実戦で磨いてきた型の、したたかな戦士だ。——だのに、俺は……）

そのイシュトヴァーンを、まるで子供をあしらうようにあしらえてしまうおのれの力に、内心、ほとほと恐しくさえなっていたのだ。

だが、ここにきてから、見る試合、出てくる剣士たちに、正直のところ、（本当に、この程度のものなのか——？）といささかの驚きを禁じ得ない。まあクムで剣闘技をなりわいとしている職業的な剣闘士たちと、イシュトヴァーンのように、いのちをかけた戦場で戦いぬいて、生きのびるために剣をふるってきた男とでは当然、剣闘に対する認識がまったく違うのかもしれぬ、とは思う。

（だが、それにしても……）

グインは内心、舌を巻いていた。

2

(ほんとに、俺は……化物なのかもしれぬ。——こんなに、強い人間が、この世の中にいるものなのだろうか……)

とにかく驚くのは、相手の動きが、それこそ完全なスロー・モーションとしてしかグインの目には見えぬことだ。どれほど相手が早く動いたつもりでも、グインの目には、その準備行動をおこす段階から、何をするつもりか、どのていどの勢いでどのように、どこをねらって切ってくるつもりかがはっきりとわかってしまう。

(俺の目、というのはどうなっているのだろう……)

なんだか、他の剣士たちと、まるきり『違うこと』をでも、しているかのようだ。これでは、勝負にならない。

本当をいえば、いまそのへんにたむろしているような程度の剣士たちだったら、全員が束になってかかってきても、グインは少しも恐れないだろう。もっともさすがに遊び半分でそらすわけにはゆかず、真剣に相手を倒さないと、危険な局面もあるようにはなってしまうかもしれないが、それにしても、たいした手傷をおうこともなく、あっという間に次々と切り倒してしまうだろう。下のほうの連中ならば、べつだん切り倒すまでもいらない。楽々と峰打ちで気絶させるだけで突破できる。

(もうちょっと……強い奴が出てくることを期待するほかはないか……)

それがむろんつまらぬ思い上がりで、これほどに武闘に入れ込んでいるからには、いずれタイ・ソン伯爵期待の、たいへんな力量をもつ戦士が出てこないという保証はない。むろん、それに対しては、油断などない。

「サイロンのモータル、出よ!」

ホイのふれ声をきいて、だが、出てきたケイロニアの男の足さばきを見た瞬間に、グインは、(ああ、またこれもだめだ……)といささか失望落胆していた。

かなり大きな男だった。体格がやはり、北方の、しかもタルーアンとも通婚の進んでいるケイロニアと、中原の人種とではまるで違うようだ。ガン・オーもロウ・ガンも、ガン・オーは横はかなりすらりとしてはいたが、上背はどちらもかなりあって、ずんぐり型の多いクムにあっては異色の存在のはずだが、こんど出てきたモータルはグインに匹敵するとはむろんゆかないが、グインのあごのあたりくらいまではある。それだけでも、普通からいったらとてつもない大男でとおるはずだ。

それに骨格もたくましい。色もいかにもケイロニア人らしく白く、そしてあらわな上半身はもしゃもしゃと赤っぽい茶色の胸毛、背毛、腕毛におおわれ、髪の毛をかなり長めにのばしてうしろでひとつにくくった、ごつい顔つきの大男だった。顔の下半分すべてをおおいつくす茶色のひげをはやし、首も太く、肩も厚く、かなりの使い手に一見して見える。

だが、グインからみれば、それまでの連中より多少は強かったところで、大同小異、というところだった。おのれの力に相当自信があるのだろう、おそろしく大きな大平剣を下げているが、グインからみると、腕の筋肉のつきかた、肩の筋肉のわりに、その剣が多少重すぎる。

（あれでは、剣が重すぎてふりまわしているうちに腕が疲れて動きが遅くなるだろう）

グインの選んだ剣のほうがさらに重たいが、グインの筋肉は比類ないみごとなものだ。そして、そのくらいの重みの負荷がかかったほうがグインは気持よい。あまり軽い剣だと、グインの振り回す速度が速すぎて、剣そのものがすっぽ抜けて飛んでしまうかもしれぬ。

「ホオオ！」

出てくるなり、サイロンのモータルは、しかし、我慢がなりかねたように吠えた。灰色の目が、これまでの対戦相手の見せていなかった、個人的な敵意のようなものを燃え上がらせていた。

「許せん奴め！　許せぬ！」

「なんで、俺が許せないのだ、サイロンのモータル？」

グインはきいた。モータルはくちびるを鼻までめくりあげてひどく醜い顔つきになりながら獰猛に唸った。

「簡単だ。俺にとってはケイロニアの豹頭王グイン陛下はこの世でもっとも尊敬するおかただ。最高の戦士にして素晴しい施政者！ 仁慈と武のかがみ、アキレウス大帝の後継者としてただひとりふさわしい、神のごときおかただ！ 俺は陛下のもとで闘ったこともあるのだ。こともあろうにその陛下を愚弄するような、大衆の娯楽の出し物なんぞに、そのおすがたをうつしおって！ 図体がでかいのをよいことに、よくも俺の神ともいうべきグイン陛下をまねび、陛下のおすがたをはずかしめたな！ 殺してやる！ モンゴールのいやしい根性の旅芸人めが！」

「お前はグイン陛下のもとで戦ったことがあるだと」

いささか衝撃をうけてグインは叫んだ。

「本当か、それは」

「本当だとも。俺はケイロニアの傭兵として二回も陛下の旗下で戦ったのだ。むろん正規の職業軍人ではないから、陛下のおそばへなどよれるわけもない。だが、あの驚嘆すべきユラニア遠征には、俺は歩兵としてお供し、いしゆみ部隊の一員として陛下のみ旗のもとに戦ったのだ」

「お前は、グイン陛下に会ったことがあるのか、モータル」

「遠くから拝謁したことがあるだけだ。だが、きさまのようなそんな魔道師にかえてもらった、滑稽なすがたかたちでなどなかった。陛下はまことに、伝説のシレノスそのままのおかただった。威風堂々とケイロニアのよろいとマントに身をかため、まるで神話の絵からそのまま踏み出してこられたような素晴しいかただったのだ。その、俺の軍神をこんなおぞましいかたちで汚しおって！　殺してやる。覚悟するがいい」

「俺には俺の事情があるのだ、モータル」

グインは云った。

「決して、お前の崇拝するグイン陛下を汚そうなどとしたわけではない。それどころか、俺とても敬愛しているゆえに、ケイロニアの豹頭王のおすがたを借りようとしたのだ。俺は」

「問答無用！」

かっとなったように、モータルが大剣を抜いた。

おのれの強さにも、満腔の自信を抱いていることは一目でわかった。体も大きいし、それにクムの剣闘士たちのあいだにあれば、やはり尚武の国ケイロニアからきた、という名誉も背負っているのだろう。ぶん、ぶんと最初から大振りしながら、グインに迫ってくる。

　確かに大きいだけあって、まともに当たれば骨も肉も砕けてはるかにふっとばされそうなくらいの迫力ある攻撃ではあった。だが、グインの目からはやはりそれとてもスロー・モーションにしかすぎなかった。グインは、しかし注意して、よくよく見切りながら、微妙におのれの動きを調整し、いかにも、いきなりかかってきたモータルの勢いにあおられて、こちらは剣をぬくすきも与えられずに右に左に切りまくられて必死に身をかわしながら逃げている、という印象をあたえるようによけつづけた。実際には、かるがるとその手元に飛び込み、剣などつかわずともモータルの手から剣をもぎとることさえもたやすかったが、そうするかわりにグインはいかにもどうしても剣を抜くことが出来ず、あおられて必死になっている、というようすを装って、飛びすさり、ぎりぎりのところでかろうじてかわしているふりを続けた。

「死ね、えせ豹頭王の冒瀆者め！」

　モータルはだが、それがグインの偽装である、ということにはまったく気づくことが出来ず、おのれの優位をまったく疑っていなかった。一瞬、うまいこと、ここで敗北してやろうか、という思いがグインの胸をかすめたが、しかし、それには、さきほどの二人との試合との開きが目立ちすぎる、と思い返した。さきほどの二人もそれぞれ、そんなに悪い戦士ではなかった。モータルは見かけが派手だが、前の二人にくらべてそれほどとても強いというわけでもない。それがにわかにグインが圧倒されてしまったら、あまりにも不自然というものだろう。

（駄目だな。もう二人くらいは勝って、それから考えよう――だが、問題は、勝ち方だな……）

どう展開していけば一番自然か、考えながら、グインは、とりあえず足をすべらせたふりをして、叫び声をあげて転んでやった。すかさずモータルがわめきながら上から大剣を突き刺してくる。よい考えが浮かんで、グインはそのまま左右にころがりまわりながら、寝ころんだままモータルの剣をよけた。モータルは次々と剣をふりあげ直しては、上から斬りかかってくる。

それを、くるくると器用によけながら、頃やよしとみて、グインは、疲れたふりをして動きを遅くし、仰向けのまま隙をみせた。すかさずモータルが切り込んでくるのを、それまでよりも一瞬間を近づけてぎりぎりまで待ってさっところがってよける。

「死ねい！」

モータルが絶叫もろとも剣をふりおろしてきた。その剣さきは、だが、紙一重でグインがよけたために、ぐさりと闘技場の地面に突き刺さった。

モータルの剣は重い。その上、モータル自身にかなりの体重がある。それを上から思いきりかけて突き刺してきたのだ。剣は、一気に三分の一ほども刀身が地面に刺さってしまうほどの勢いでふかぶかと地面に突き刺さった。素早くグインは目にもとまらぬ早さで起き直った。モータルは一瞬、深々と刺さってしまった剣を抜こうと及び腰になる。

それを、モータルのななめうしろにまわるなり、グインは右足でモータルの剣をつかんでいる手を蹴りあげて手をはなさせつつ、思わず手をはなしたモータルの腰を両腕でかかえこむようにして、思いきり地面にひきずり倒した。そのまま、素早くおのれの剣を抜き放ち、仰向けに押し倒したモータルの喉元に突きつけた。

「わッ」

モータルが叫び声をあげた。

「やめろ」

「降参するか?」

「くそ!」

モータルがわめく。

「降参。降参だ。今年の水神祭りこそ俺が優勝するのだ。こんなつまらぬことでフイにしてたまるか。頼む。降参だ」

「わかった」

グインは、剣をひいた。

さりげなく、モータルと、まだ闘技場に突っ立ったままの剣とのあいだに身を割って入るようにしながらモータルを解放してやる。モータルはよろよろとよろめきながらグインからはなれて起き直り、憎悪に狂った目でグインをにらんだ。

「畜生め。卑怯者め」

モータルは罵った。

「この冒瀆者めが。グイン陛下のお怒りをうけていかづちにでもうたれるがいい」

「……」

グインは何も答えなかった。

モータルは剣をそのままにしたまま、すごすごと西の扉にかけこんでいった。すべてがグインの仕組んだとおりになったなどとは思いもよらぬままに、不運にも剣が地面にささって抜けなくなってしまったのに乗じられた、と思っているのだろう。

(あれが、昨年の水神祭りの大平剣の部三位なのか)

グインはいささか失望しながら思っていた。

(それでは、他のやつもおして知るべしだ。——待てよ、優勝はガンダルなのだったな。ということは、あのモータルの上にもうひとり二位のものがいるだけなのか。あの程度の腕で三位だったり、今年は優勝を狙うと大言壮語できるのだとすると……)

自分が、自然に負かされても不思議はないような流れにもってゆくのは、とりあえずは無理だ。

（しょうがない……多少、怪我のひとつもしてやって、これで負けても仕方がないだろうと伯爵が思うような偽装をしなくてはならんかな……）

怪我をするのは、あまり気が進まなかった。それはいかにたくみに計算しても、思いのほかに出血したりすることがないとはいえない。だが、そうとしかしかたがないか、と思う。

観客席で、タイ・ソン伯爵は、身をのりだしてバルコニーの手すりを握ったまま、もう何もいわぬ。いささか、けおされているようだが、その目はまだ片めがねをあてたまま、爛々といよいよ興味に燃えさかってでもいるかのようだ。

（あの目を、どうごまかして……しかも、これは水神祭りに出してもしかたないし、もう用はないと思わせてやることが出来るものか……）

（やはり、怪我をしてみせるしかないが……うまく、怪我しつつかろうじて勝ったものの、もうとてもこのあと水神祭りに参加するのは無理だ、というようなふうにもってゆける相手はいてくれるかな）

「西、タイスのコー・ダン、出よ！」

ホイが叫ぶのがきこえて、グインははっとおもてをあげた。

（くさりがまか……）

のっそりとあらわれたのは、丸坊主の、海坊主みたいな大男だった。右手に先にするどい刃のついた重たそうな鎖、左手にはその鎖がつながっている鉄の棒を持って、おそろしく太い両腕にぎっちりと革ひもをまいて出てくる。これも、タイスの、というからにはクム人なのだろうが、何かの血がまざっているかと思われるくらい、巨大だった。

「小僧」

コー・ダンが目を細めてグインを見つめながら挑発した。

「新入りの分際で、あとからあとから仲間をはずかしめ、俺たちタイ・ソン伯爵自慢の剣闘士団の名誉に泥をぬりやがって。思い知らせてくれる」

「……………」

「殺すなよ、コー・ダン」

はじめて、タイ・ソン伯爵が久しぶりに拡声器を取り上げて叫んだ。

「この男はなかなか素晴しい戦いぶりを見せていてくれる。どのくらいの力があるか見たいのだから、負かしてもよいが、殺してはならんぞ」

「……………」

コー・ダンはいまいましそうにちらりと伯爵のいるバルコニーのほうを見て、それからまた目をグインに戻した。

「いまいましいやつだ」

コー・ダンが云った。

「その気の利いたつもりの豹頭王のまねごとの豹あたまを、俺のこの鎖がまでぶっとばしてやろうと思っていたのに。だが気を付けろよ、こいつをぶんまわしはじめると、俺はそのつもりはなくても手加減ということが、この武器は出来ねえからな。この武器は地上最強だと俺は信じてる。お前がその大平剣に少しばかり長けていようとも、とうていかなうもんじゃねえぞ。いまのうちにおとなしく降参するか？　それもいい手だな」

「そうしたいところだが」

グインは答えた。

「まあ、とりあえず一合くらいは打ち合ってみよう。でないと、俺も、体面がたたないのでな」

「旅芸人かなんかだそうじゃねえか」

コー・ダンが憎らしそうにいった。

「旅芸人なら大人しく芸を見せてたらどんなもんなんだ。こんなふうに、男の戦い場に割り込んでくるんじゃねえ。でけえ図体をしやがって、人殺しが怖くて傭兵をやめたんだそうだな」

「よく知ってるな」

答えながら、グインは、すでにおのれのことが、むろんタイ・ソン伯爵にきかれて答えたこともあろうし、あの大きな闘技場でいったことなどもあるのだろうが、このタイ

・ソン伯爵の剣闘士たちのあいだでたいそうな話題になり、大評判をよんでいるのだと悟っていた。そうなるとますます、対応に気をつけなくてはならぬ、とおのれをひきしめる。

（あのサイロン人の男は、うまいこと、俺がグインをよそおったことに腹をたててくれたから、かえって助かったが——まあ、そう思っていてくれているあいだは、まさかにこの俺がほんものだとは、想像もつかぬだろうから、その点はいいが……）

もっと一般のものたちが見物する場所に連れてゆかれてしまえば、まさにケイロニアからきた、しかもあのモータルよりはもうちょっと位が高く、ほんものの豹頭王に近く接したことがある、などというものが出てこないとも限らない。

（もっとも案外ひとというのは、こうして、ありうべからざるところに立っているというだけで、何があろうとにせものだ、と決めつけてくれるもののようで、それはそれで助かることだがな……）

まさか、本当の、ほんもののケイロニアの豹頭王がこのようなところで、こともあろうにタイス伯爵の剣闘士たちと、いやしい闘技士としてたたかっている、などと想像できるものはないのだろう。

だが、もしも、ケイロニアの高官などが——高官でないまでも、それなりにケイロニアの上のほうにも行き来のある程度の人間でも、競技をみて、「グイン王陛下そっくりの芸人が戦っていて、すごい戦いぶりを披露していた」などと、国おもてに戻ってサイロン宮廷に伝えることがあったりしたら、グインの失踪を知り、心を痛め、なんとかしてその行方を探し当てようと血眼になっている重臣たちはただちに、最低限調査団くらいは派遣にかかるだろう。

(万一にも、クムとケイロニアのあいだに——いくさがおこるようなことになったりしてはならぬ……)

それでは、おのれが、せっかくイェライシャに頼んで、火の山のふもとから、わざわざ逃亡したかいがない。

あれほど心配してゆくえを探し続けている忠臣たちに会おうとせずに、あえて心痛をかけつつこうして流浪の旅に出てしまったのは、いまもしおのれがケイロニアの《臣下》たちと出会って、自分の記憶がみな失われていることを知られてしまったら、どのようにケイロニアの重臣たち、宮廷のものたち、そしておのれの義父だというアキレウス大帝らを困惑させ、悲痛な思いにさせるだろう、とおそれたからだ。

その上に、おのれが、おのれの記憶にまったく自信をもてぬまま、どれが偽りの記憶でどれがまことの自分の知識や記憶であるのかさえも確信がもてぬままにケイロニア宮廷に戻ってゆくとしたら、もう二度と自分は、確信をもち、おのれ自身の判断に信頼をおいて堂々とふるまうことが出来なくなってしまうだろう、という恐怖もあった。

それゆえに、記憶を取り戻させてくれる手がかりを求めて、パロへの長い旅を決行しよう、とおのれで決めたのだ。

（それが、いまこのようなところで、逆にクムとケイロニアのもめごとをひきおこす原因になど、なるわけにはゆかぬ）

このさい、少しばかり自分が恥をかいても、怪我をしても、それはそれでやむをえぬか、とグインは思った。

（だが、このくさりがまは面倒そうだ。これはとっとと片付けてしまったほうがいい……）

一見したところでは、コー・ダンがそれほどたいへんな使い手だ、というようには思えなかったが、そのかわりに、くさりがま、という変わった武器そのものがかなり面倒そうだ。

ぶん、ぶんとコー・ダンはくさりがまをふりまわしている。確かにその太い腕には力があふれており、またくさりがまをかなり使い込んでいることにも間違いはなさそうだった。その、ふりまわされている鎖の先の刃にあたったら、その勢いもあって確かに骨も肉も断ちきられてしまいそうだ。

（こいつは早めに片付けて……やはり大剣のほうが何かと扱いやすい。この次あたりでなんとかしよう……）

　グインは肚を決めた。

　くさりがまと戦ったことはない。少なくともいま現在のグインの記憶のなかではない。また、これは、通常、いろいろな国の正規軍で正規の武器として取り入れられているものでもない。ひとつには、それは、ぶんぶんふりまわすと場所をとりすぎるので、隊列をくみ、命令に従って戦う、近代的な軍隊が使用するような武器ではない。このような武器を使用するのは、もっと下司な山賊だの、海賊だのといった、組織されていない連中だ。その上に、それはよほどたくみに扱わないと、使っている当人にも被害を及ぼしかねない、なかなかに扱いにくい武器だから、このようなものをおのれの専門の得物として選ぶものはあまりいないだろう。それに、競技会などでも、くさりがまとくさりがまどうしの戦いなどというものは、考えただけでも、血まみれの壮絶な、かなり陰惨なものになりそうだ。

（ふむ）

　グインは、今回は、最初から、ゆっくりとさやから大剣を抜きはなった。

「小癪な豹あたまの旅芸人め」

　コー・ダンが挑発した。右手に、かなり短くつめて持ったくさりがまを、すでにゆっくりとぶん、ぶんとまわしはじめている。しだいにそれを長く、大きくまわしはじめるのだろう。

（まあ、これは……はじめての経験としてはまことに面白いな……）

それに、くさりがま相手なら、接近戦にはなかなかならぬだろうから、剣と剣の試合の場合ほど、腕やわざの優劣は目立たぬはずだ。

（ちゃんと本気を出してもよさそうだ）

グインは思った。誘いのすきを見せながら、じりっ、じりっと間合いをつめる。

「小僧！」

それはコー・ダンの口癖でもあるらしい。ぐいぐいと鎖が右手からくりだされ、もういまでは一タール半くらいの長さになった。そのまま、ぶいん、ぶいんと鎖をふりまわしている。しだいに、鎖が遠心力で早くまわりはじめ、その先端についている刃がきらっ、きらっと光りながらも、見分けられないくらいに――全体がひとつの、きれいな銀色の円盤であるかのようにすさまじい早さになってくる。それにまともにぶつかったら、確かに大変なことになりそうだ。なかなかの使い手であることは疑いをいれぬ。

グインは、慎重に間合いをはかりながら、くさりがまの動きをじっと観察していた。

コー・ダンが片目をすがめて、にやにやと歯をむき出して笑う。

「どうした。怖いだろう。ちびってんのか、その足通しの中で。いま降参すりゃ、たいした怪我はさせねえでおいてやるぞ。だが、あまり半端に抵抗しやがると――たとえ伯爵様の御命令でも、ついつい殺しちまうかもしれねえな。なにせ、俺じゃねえ、このくさりがまが勝手にやるこったからな……へへへへへ」

(よくしゃべる男だ)

グインは、ふいに、何か思いあたったような気がした。

(さっきから、とてもよくしゃべる……ふむ。それもおそらく何かと……かかわりがあるのだ。挑発しているのか? ウム……くさりがまの攻撃とかかわりがあるとすれば、それは……)

ふいに、気持が決まった。

いきなり、グインは、先手をとるように、ぶんぶんとふりまわされている銀色の物騒な円盤にむかって殺到した!

3

「………！」


コー・ダンは完全に意表をつかれた。

たとえ相手がどのような動きをすると思っていたとしても、ただひとつ、その、ちょっとでもあたれば即座にあたった部位がふっとぶであろうような物騒な武器にむかって飛び込んでくる、とだけは想像もしていなかったはずだ。だが、グインは、そうやってぶんぶんとくさりがまを振り回しながら口上をのべたてているコー・ダンを見ていて、この男は、おそらく毎回、かなり離れた距離で決着がつくのに馴れており、じっさいに接近戦でたくさん打ち合うことはあまりしていない、とふんだのだった。確かに近くに飛び込まれてしまえば、くさりがまはあまり威力のある武器にはなりそうもない。

グインはすさまじい早さで剣をかざしたまま、コー・ダンとそのふりまわしているくさりがまにむかって走り寄った。それと同時にさきほどモータルが地面に突きさしてしまったまま、残していった大剣を通り過ぎざまに、左手でぐいとばかりに金剛力で引き抜いた。引き抜いたはずみに一緒に引っ張り出された土くれがコー・ダンのくさりがまにむかって飛び散る。とたんに、ぶん、とくさりがまにはじきとばされて粉々になる。

　グインは左手にモータルの剣をかざしながら、思い切ってからだを低くしながらくさりがまの円形の圏内に飛び込んだ。ぶん、ぶんとふりまわされているその物騒な銀色の同心円に、モータルの剣をからめつけるように一気に左手で投げつけた。金属性の鋭い音をたてて、大剣がくさりがまに激突する。コー・ダンの態勢がくずれた。わめき声をあげてコー・ダンが、剣に激突して力を喪ったくさりがまをひきずりよせようとするのを、そのまま下からくぐりこんで内ぶところに飛び込み、大剣をひらりとかえしてつかがしらで思いきりコー・ダンのみぞおちをついていた。ギャッとランダドを踏みつぶしたような悲鳴をあげてコー・ダンがふっとび、うしろに倒れこんだ。力なくくさりがまが下に落ちてゆく。それをすばやく刀で払いのけながら、グインは飛びすさった。コー・ダンは闘技場の地面の上に大きく四肢をひろげてぶざまに倒れたまま動かない。

「殺したのか！」

　タイ・ソン伯爵がバルコニーで飛び上がった。拡声器をつかんで叫ぶのが聞こえてくる。グインは大きく首を横にふった。

「気絶しているだけだ」

「東方、グンドの勝利……」

いくぶんけおされたように、ホイが白旗をあげた。

「グンド、バルコニーの下へ寄れ。疲れただろう。杯をとらせよう。次の試合をするまでに、少しだけ休むがいい」

タイ・ソン伯爵が拡声器で云った。グインはうなづいて、バルコニーの下に歩み寄った。うしろでは、係のものたちがどっと走り出てきて、だらしなく両手両脚をひろげて気絶しているコー・ダンを運び去ってゆく。

「たいそうな戦いぶりだな。グンド」

バルコニーの下についてかるく会釈したグインに、タイ・ソン伯爵が声をかけた。かなり興奮しているようすだ。

「わけてもいまのくさりがまとの異種試合はなかなか見るべきものがあった。よくぞ、とっさに、さっきモータルが残していった剣を使うことを思いついたものだ。お前は、知恵者だな」

「くさりがまがとても恐ろしかったので」

グインはバルコニーの下から答えた。伯爵は歯をむいて笑った。

「酒を飲むか？　なかには、酒を飲むと息があがるから困るという者もいるし、少しくらい飲むのはかえって勇気が出ていいというものもいる。何が飲みたい」

「俺は酒は遠慮いたしたい。水をお願い出来れば」

「グンドに水をやれ」

伯爵が命じた。すぐに、バルコニーのすぐ下の扉が開いて、かわいらしい小姓が、水のたたえられた杯を持って駈け寄ってきた。ささげられたその杯を、グインは、最初ちょっと試すようにすすってみて、それから大きく飲んだ。

「案ずるな。去年のサバスの話をしたが、これから水神祭りに出す切り札にしようという大事なお前に、毒杯など飲ませてたまるものか」

タイ・ソン伯爵が笑った。

「お前は、しかし、とても臆病だといったではないか。だが、そうやって戦っているところをみるととてもそうは思えぬ。ひどく度胸がいいように見えるぞ。あのくさりがまに、ああして飛び込んでゆくなど、なまなかなものにはできるようなことではあるまいが」

「いや、あれはちょっとした思いつきだったのだ」

「思いつきとな？」

「とにかく手元に飛び込んでしまえばいいのではないかと。――くさりがまの戦士など戦ったこともないので、どうしていいかわからず、とっさに」

「くさりがまははじめてか。だが、槍にせよくさりがまにせよ、長い武器には、手元に飛び込め、というのは槍と剣の戦いのさいの常道だ。お前は傭兵としては人したことはしてないといったが、ずいぶんと戦場の経験をつんでいるのではないのか？　実に堂々たる戦いぶりだぞ。まるで、これまでの程度の相手では弱すぎてどうにもならぬ、というようだ」

「とんでもない。必死で冷や汗をかきながら戦っているのだが……運がよくて、いつもなんとかなっているようだ」

「態度も、どことなく倨傲になりおった」

タイ・ソン伯爵が笑ったので、グインはちょっとひやりとした。

「口のききかたもずいぶんと横風になったぞ。――だがまあいい、許す。あれだけの戦いぶりを見せる剣闘士だからな。どうだ、息はあがっているか」

「多少」

「まだこのあと、何人かと戦ってもらいたいのだが、もしも疲れてきたようなら、もうかなりお前の力量はわかってきたようだ。いまここにわしが集められる程度の剣士たちだと、いずれにもせよ、急のことでもあったし、いまの連中に毛のはえた程度の連中だ。だが、タイス市立闘技場へゆけば――もうちょっとは骨のある連中がいる。わしは、どちらかというと、ここはもうそろそろお前を休ませてやり、市の大闘技場へ場所をうつしたい。またそう思う理由もある」

伯爵はにやりと奇妙な笑いを浮かべた。

「というのも……ここではわしひとりが見ているだけで、べつだんお前がどのような活躍をしようと、評判にもならぬし、賭け金にも影響はせぬでな。グンド、などという名前は、これまでタイスでは知られていたことがない。それゆえ、最初にお前が出てきて勝つ試合はおそらくたいへんな高配当になるだろう。だが水神祭りの公式競技会までそれをのばしておくのはちょっと心配な上に、あの公式競技会ではさまざまな規則があって、完全な飛び入り参加は禁止ということになっている。つまりその前に、なんらかのトーナメントには出ておかなくてはならないということだ。それによって、ある程度の順位をつけてもらったものだけが参加できるのだ。それゆえ、水神祭りまでに、お前は最低でも十人程度の公式戦に登録されている戦士と戦っておいてもらわねばならぬ」

「俺は闘うのが嫌いなのだ――嫌いなのです、伯爵閣下」

困惑しながら、グインは云った。

「前に申し上げたとおり、戦うのが嫌いでならぬがゆえに傭兵稼業から足を洗った人間で――擬闘とはいえ剣をふりまわすのも間違って相手を傷つけるようなことがあってはと心配でならず……」

「そんなことは心配せずともよい」

タイ・ソン伯爵は傲岸に云った。

「そんな下らぬ感傷じみた心配はかなぐりすててしまえ。お前はたいへんな金持ちになれるのだぞ――それだけではない。栄光に包まれ、人気者になり、その上にタイスじゅうの注目をあびる英雄にさえなれるのだ。これ以上に素晴しいことがあるか。そんなほんのちょっとした怯えだのためらいなどかなぐりすててしまえばそれでしまいだ。わしの目に狂いはない。お前はいやだいやだといいながらも、いざ闘技場の大地に立つとまたとなく勇敢なみごとな戦いぶりを見せてくれている。傭兵として戦うのは嫌いだったかもしれぬが、それはおそらく、一対一の戦いでなかったせいかもしれんぞ。あるいは危険のわりに報酬が少なすぎると感じていたかだ。もう案ずることはない――わしの剣闘士として、タイスじゅう、いやクムじゅう、最終的には世界じゅうにその名を高からしめてやる。――クムのものたちはみな、この上もなく剣闘技、すべての競技会が好きだ。お前ほどの特徴ある者ならあっという間にたいへんな人気者になれるだろうよ」

まさに、それがもっとも困るのだ――

グインはひそかにそう思ったが、それを口に出すわけにもゆかなかった。

「それならば、ひとつお願いがあるのだが――閣下」

「なんだ？　腹でも減ったか？　女でもあてがってほしければ、うちの宮殿の女どもはよりどりみどりだ。お前ほどたくましければ、あちらからいくらでも色目を使ってこようさ。タイスの女どもはみな淫らで、大きな男が大好物だからな。――むろん色子でもよいし、なんでも願いはかなえてやるぞ。勝ち続けてさえくれればな。世界中だってくれてやる」

「その水神祭りの競技会とやらに出場する前に……多少なりとも金をかせぐことが出来たら、とりあえず、この頭をこのようにしてしまった術をかけてくれた魔道師をたずねあて、もとどおりの、おのれの頭と顔を取り戻してからその水神祭りに出場する、というようにしたいのだが——どのようなものだろうか……」

これはグインにしてみれば、それでも相当に考えぬいて達した、「もしかしたらこのタイスからいっときでも抜け出せるかもしれぬ口実」だった。

だが、タイ・ソン伯爵は、ちょっと考えこんでから、はっきりと首を横にふった。

「いや、それはならん。むしろ、ならぬ」

「それはまた、何故」

「そのほうが目立つ」

伯爵のことばは、悲しくなるほどに身もフタもなくはっきりとしていた。

「お前は確かにすばらしくみごとな体格をしているが、ここには知らず、水神祭りまでゆけばそれこそ世界中から腕に覚えの剣闘士、闘技士どもが集まってくる。そのなかにはタルーアン生まれのものもいれば、クムのものだがあまりにでかく生まれついてしまったのをかわれて、どこかの小屋主が評判をきいて子供のうちにひきとり、剣闘士として育てあげたようなものもいる。決して、お前ほどの体格でもそんなにぬきんでているとは云えなくなるはずだ。ましてかのガンダルなどは、それこそお前といい勝負なくらいある。——お前の本来の顔がどのようなものかは知らぬが、よほど美しくて剣闘士にあるまじき絶世の美貌だとか、そういうことでもない限りは、まあつまるところは普通の男の顔だろう。だったら、そうして、ケイロニアの豹頭王の顔を模しているほうがよほど目立つし、評判になる。お前のその頭なら遠くからでもあれがそうかと見分けられる。こんなにちょうどよい目印はないさ」

「だが俺は……実は、大道で芸人をして見せて歩いているうちから少し心配だったのだが、このような大それた真似をしでかして、本当のケイロニアの豹頭王や、その臣下のお怒りをかうのではないかと恐れられてならぬ。——現にさっき対戦したケイロニア人のモータルはひどく怒っていた。冒瀆だと云っていたし、ほかにもそのように思うものは多いのだろう。それが、競技会であまりに評判になってしまったりして、ケイロニア本国へもそのような評判が届いてしまったりしたら……」

「ケイロニアも豹頭王本人も、魔道で豹頭王を装っている剣闘士がいる、などといわれたところで、いっこうに気にはせんだろうさ」

薄笑いしてタイ・ソン伯爵は云った。

「むろん、それで、そのことで何か政治的な陰謀にかかわったり、豹頭王だと名乗って詐欺をはたらいたりしているなどということになったら、あちらも放置はしておかれぬと思うだろうがな。魔道で豹頭王そっくりにしてもらって、それで豹頭王の出し物をしている、などという程度でそんなふうに怒るほど、器の小さい豹頭王グインでもあるまい。また、ケイロニアも大国だからな。金持ち喧嘩せずのたとえもあることだ。その程度のことなら何の害毒もないと、ゆったりとかまえているのではないかな」

「そうかな。そうであればよいが、だが、しかし……」

「なるほど、本当にお前は気が小さいのだな、グンド」

おかしそうに笑って、タイ・ソン伯爵が云った。

「わしならば、いっそのこと、『ほんものの豹頭王』がトーナメントに出ている、と名乗ってかせぐだけかせいでからとんずらしてしまう、ということを考えるがかな。――ほんものの豹頭王グインといえば、世界にも名だたる、いまや中原最大のというだけではない、世界最大の戦士だ。それが万が一にも、そうやって剣闘の競技会に出たらいったいどんな戦いぶりを見せてくれるだろう、ということは、誰であれ普通以上に剣闘技の好きなクムの人間たちだったら誰でも夢見るところだ。――よほど悲惨な戦いぶりを見せれば別だが、そうでない限り、クム最大の英雄ガンダルと、ケイロニアの最大の英雄、豹頭王グインが戦ったら――という夢を見たこともないものなどは、クムの剣闘好きの男たちには一人もいないだろう。それだけでも、もう、これは夢の対決以上のものになる。お前、一夜にして、億万長者だって夢ではないぞ」

「だが」

グインはずるそうに云った。

「もちろん、その勝敗は、あらかじめ八百長で決めておいてもらうわけにはゆかないのだろうな？　それで、絶対ガンダルに殺されずにすむ、という誓約でもあればまだしもだが、そうでなければこちらの命がない。ガンダルといえば天下の伝説の豪傑、史上最強の男だそうではないか。そんな相手に、どうして、俺のような一介の旅芸人が太刀打ちできるはずがあろうか？」

「まあ、それは、その通りだ。だがな……」

タイ・ソン伯爵は何かじっと考えこんだ。

その、考えこんだ顔つきが、いささかグインは気に食わなかった。何かたくらみありげな顔に思われたのだ。

「まあだが、これまでのところでは確かにわからぬ。お前はなかなか頭がいいようだ。お前はこれまでのところは、かなり要領よく勝ち進んできているだけで、正直いって、本当の剣技で勝っているのか、それとも運で勝っているのか本当のところはわしほどの見巧者にさえわからぬ」

これをきいて、ひそかにグインは快哉を叫んだが、むろんおもてむきは神妙な顔をしていた。

「それでもまあ、運も知恵も技のうち、ということもいえはするが――しかしそれにしても、ガンダルなどになったら、とうていそれではすまぬ。――ガンダルは八百長は断固として受け付けぬだろう。世界一強い男、という名声に、きゃつは命をかけているのだからな。――ましてもう年老いてきている。いまの彼は、その名声を守り、それを守ったままで引退することにすべてをかけているはずだ。それが八百長で負けることになど、何があろうと、どれほど巨額の金をかけようと、同意するわけはない。彼もまた、おのれに賭けてこれまでさんざん儲けまくってきたのだから、けっこうな金持ちだからな。――そうだな、ふむむむむ……」

「八百長が出来ないのだったら、とうていガンダルは、俺などがかなうような相手じゃない。それは申し訳ないが、伯爵閣下を失望させぬためにも、あらかじめ申し上げておいたほうがいいかと。俺は確かに、長年旅芸人で擬闘をしているので、それなりに知恵もまわるし、経験も積んでいるし、強そうに見せかけるためのさまざまな手法は身につけているが、それは本当に強いというのとは違う。――だから、いまの人たちくらいで精一杯で、これ以上ということになると多分、俺はまったく手も足も出なくなってしまうと思うのだが」

「それはどうかわからぬな。まあ、もうひとりだけ、ちょっとこれまでとは違う相手を用意してある。それと対戦してから、市中の大闘技場へゆくのだ。今日はもうわしはお前ひとりにかけてしまった。ほかの用件は一切もうお断りだ。向こうにいったら食事をとるがいい。そして午後は、それほど数はたくさんではないが、精選した相手と三試合か四試合だけ見せてもらおう」

「まだ、そんなに戦わなくてはならないのか」

グインは悲鳴をあげてみせた。

「そんなにたくさんは、俺のほうの緊張感が持ちきれない。俺はとても戦いが好きでないといっているように、そんなに精神的に強くはないのだ」

「だがその豹頭をかぶっているかぎり、表情もさしてかわらないから、何もそういうところはわからなくてすんで、よいな」

いくぶんあざけるように伯爵は云った。

「まあいい。ともかく、まずは次の一試合だけは最初に予定しておいたのですませてしまうがいい。次の相手は、槍だ。長槍というのもなかなか難しい相手なので、それを相手にお前がどのようにふるまって切り抜けるかを見ることにしよう。大闘技場では、一応もう、正規のトーナメントの一部としてしか競技は出来ぬことになっているので、あちらにいってから、相手を選んでもらうが、もうずっと大平剣だけで戦ってもらうことになる。何をいうにもお前はまだ、それぞれの相手をあっという間に奇策を使ってやっつけてしまっているので、きちんと何合かづつ打ち合った場合にはどのような戦いぶりをみせるかは、まだ誰も知ってはおらぬのだからな」

「……」

グインは困惑しながら頭を下げた。

それから、思い出したように云った。

「あの、ところで、俺の連れたちはどうなったのだろうか。スイランや、リナは順当に勝ち進んでいるのか、それとも」

「ああ。ちょっと待て」

伯爵はかるく指をならして合図をした。すると小姓がひとり奥に入ってゆき、すぐに出てきた。

「ああ、ええと、この、ユラニアのスイランという男だな」

小姓が差し出した紙を、伯爵はいかにもこのようなことに馴れきったベテランらしく眺めた。

「この男はなかなかいい。二試合やって二試合とも勝っている。一回は平剣で勝ち、一回は刀子投げで勝った。審判席の下には、専門の武術判定士たちが数人つねにおり、細かく両方の戦いぶりを鑑定して、どこが弱点だの、どのへんが一番の長所だの、どこまでのびそうかだのと点数をさまざまな分野にわたってつける。それが公表されると、次の賭けの大きな資料になるということになる。この男は、その資料によっても、なかなかにきちんとした太刀筋も持っているし、足さばきもきちんとしている。とてつもなく強い、というタイプではないが、なかなか着実で、それに実戦経験も積んでいる。うまく参加する演目を選べれば、優勝も夢ではないのではないか、というのが判定士たちの判断だった。なかなかよいな。明日にでも、わしももうちょっと、見てみよう」

「女戦士のほうはどうだろう。リナ、というのだが」

「ああ、あのおっぱいの大きな美人だな」

伯爵がいかにも好色そうに目を細めて云った。

「わしは最近とみに柔らかそうな年若の男の子のほうが好ましくなってきたが、五年も前だったら放っておかぬようないい女だな。ことにおっぱいが大きいのがなかなかにクム男の好みだ。腰はしまっているし、よく筋肉もついているしな。それに、顔もなかなかだ。あれは女剣闘士としてなかなか人気が出そうだな。なかなかよい手駒を手にいれたものだ」

「いや、そうではなくて」

いささかじりじりしてグインは云った。

「リナは、勝ったのだろうか」

「ああ、レイピアの部で五人抜きをしてる。なかなかいい剣士のようだ。レイピアを使うところをみるとパロの女だな。それにしてはずいぶん色が黒いが、長年の旅芸人生活で日に焼けてしまったのかな。惜しいことだ。だがまあ、浅黒い美人はそれはそれで悪くはない。――だがまあ、どちらにせよ、わしは昨今は、女はどうも面倒くさくて、可愛い男の子のほうがずっと可愛く思えるのだよ。女はどうもな。あれこれ、悋気《りんき》もするし、どれだけよく出来た女でも、少し馴染むとだんだんわがままをいうようになるし。――その意味では、やはり小姓にまさるものはないな。幼いころから、それが忠誠だと言い聞かされて育っているから、わしが命じればどんな格好でもするし、どんな破廉恥なことでもためらわずする。そこがなんとも可愛いぞ。お前はどちらのほうが好きなのだ、グンド」

「俺はいま、ガンダルのことで頭が一杯で、いろごとどころではない」

いささかそっけなくグインが答えると、だが、その答えが面白い、といって、タイ・ソン伯爵は大笑いをはじめた。

「お前は、無愛想でぶっきらぼうだが、そこはやはり芸人だな。なかなか面白い男だ。ウム、今夜にでも、じっくりと酒を酌み交わしてお前をさかなに飲んでみるか。いや、なに、心配することはないぞ。わしは男の子のほうがよいといっても、お前のような、育ちすぎた、しかもいい年の剣闘士を抱く趣味はない。それにわしはいまのところ」

にっと、伯爵が淫靡な微笑を口辺に漂わせた。

「お前の巻毛の座長に夢中だ。彼は実によい。声も素晴しいが、その床技も素晴しい。

いろいろなところで仕込まれたようなことをいっていたが、なかなかただの旅芸人などにしておくのは勿体ないくらいの技を持っているぞ。うちの小姓たちの仕込み係に頼みたいくらいだ。いや、まあ、いずれにもせよお前たちは末永くタイスに逗留して、タイスの人間となってほしい、とわしはせつに望んでいるのだよ。お前たちはいずれも役に立つ。――お前はいうまでもないが、美しいマリウスも、女戦士のリナも、そしてユラニアのスイランもなかなかいい。まだほかにも連れがいたのだったな。ああ、あの子供連れの地味なぱっとしないモンゴール女だな。あれはミロク教徒だそうだな、マリウスが云っていたが。あれは衣装係でついてきているが、何の芸もないので、もしほかのものがここに残るなら、あの親子だけ金をつけてくにに戻らせてやろうかと思うとマリウスは云っていた。それもそれでいいかもしれぬな」

「………」

グインは狂気のように頭を働かせながら、その伯爵の言葉をきいていた。だが、まだ、何も云わなかった。

「まあ、それはともかく、それでは長槍の選手とひと試合しろ。それから、かるく汗を流して市中の大闘技場に向かって出発だ。食事はそちらでとるようにしろ。大闘技場は楽しいぞ――タイスの真髄が見られると思うからな。さあ、準備だ。東の扉に戻るがいい」

4

というわけで——

グインは不承不承、また東の控え室に戻らされた。伯爵の数々のことばは、グインを安心させるどころではなかった。

（このあと——大闘技場とやらで、次々に精選した剣士などというものが繰り出されてきたとしたら——）

いかなグインといえども、やはり、そうそうかんたんに実力をセーブしたまま、たくみに適当に弱く、適当に強いように見せかけながら勝ったり負けたりしていられるかどうかわからない。たとえば相手がリギアであれば、グインは何の苦もなく、どのような見せかけをもしてみせられるだろう——これだけ体の大きさが違っている上にグインのような体のさばきを持っている者が、リギア程度の相手にまんまとやられるかどうか、見ているものが納得してくれるかどうか、は別としての話ではあるが。相手がリギアなら、運悪く足をすべらせたり、汗が目に入って負けてしまった、というようによそおうこともグインにはたやすい。

だが、相手がスイランだったとすると、それはわからない、とグインは考えていた。

(スイランはやはりかなりよい戦士だ。――あいつが本気で、ありったけの根性を入れてかかってきたら、俺も――半分くらいまでの本気では、戦わざるを得なくなるかもしれん。だとすると――やはり、そうそう簡単に、さまざまな偽装を客に信じ込ませることは辛くなってくるかもしれぬ……)

むろん、仮に相手がゴーラのイシュトヴァーンのようなすぐれた剣士であったら、むろん戦ってひけをとることはないし、あるていどあしらうことは可能だが、いかなグインといえども、それを相手に偽装して思ったとおりの試合運びにする、ということは不可能になってくる。相手の腕が上がってくればくるほど、何が一番違うかといえば、それは、「こちらの思ったとおりに動かない」ということになってくるからだ。

(スイランていどのものたちが続けざまに出てくることになると、さすがに――さいごには俺の体力といえども疲れてくるだろう。そうなると、けっこう、全力をとはいわず、全力の三分の二程度の力は出さなくてはならぬ局面も出てくるかもしれぬな……)

あとひと試合、といわれたのが、グインの予想を裏切っていた。くさりがまは危険そうだから、これを片付けてから、その次か、その次あたりでうまいところ負けて、この程度の剣士だと位置づけされて失望されすぎもせぬが、期待されすぎもせぬ程度にみせかけてやろう、というグインのもくろみは、はずされてしまったのだ。相手が槍では、負けようと勝とうとあまり剣どうしの戦いのような強烈な印象は与えないだろうし、それに、「やはり、槍だから負けたのだろう」といわれてしまって、ではもう一回剣とやってみろ、といわれるだけになるかもしれない。

（だがまあ……その大闘技場だったら、ここよりはだいぶ広いのだろうから、多少は……人目をごまかす工作もしやすくはなるかもしれんが……）

だがその分人目は多くなる。

（それに、武術判定士だと……これは、きいておいてよかったな）

これまでのところは、それほど手ひどくばれてしまってはおらぬだろう。じっさいには、グインが、これまでのどの戦いにおいても、本来の力の半分さえ出してはおらぬのだ、ということはだ。いずれも、たくみにそうみせかけて、相手方の奇禍や不注意の隙にまんまとつけこんで勝った、ように見せかけているから、それほど自分の実力をはかられてはいないはずだと思う。

（だが、あの大きいほうの闘技場はともかく——ここにきてからの、最初の試合は、少し……見られてしまったかもしれんが……）

これからはなお、気を付けて戦わなくてはならない。グインはおのれにいいきかせた。

そのとき、

「モンゴールのグンド。モンゴールのグンド、出よ！」

するどい声とともに扉があいた。

グインはのそりとまた、御前闘技場の大地の上に出た。まだ、相手は出てきていなかった。

「西方、長槍昨年度大闘技会優勝者、タリアのドーカス・ドルエン」

ふれが聞こえた。西側の扉があいた。あらわれたのは、かなり長い、グインの背よりも高いところに刃のある槍を無造作に肩にかついだ、長身の戦士だった。

右肩にだけ革の肩当てをしているほかは、グインと同じ格好をしている。黒い長い髪の毛をうしろでゆわえ、顔も胴も足もみんな長い男だ。その頬にいくすじかの白い古傷が走っていて、眉はほとんどすりきれて険悪な人相に見えてしまう。その男が出てきたとたんに、グインははっとした。

（しまった。こいつ……出来る）

ぶつかって、危険だと思ったわけではない。いまの自分をそうそう簡単に負かせる相手がいようとは、グインは思っておらぬ。それは自惚れでもなんでもなく、きわめて冷徹な判断による結論だ。自分でも、なぜこう、筋肉の柔らかさしなやかさ強靭さといい、戦闘についての無意識の蓄積といい、戦闘にのぞんでの恐しいほどの冷静さと判断力、そしてとっさにひらめく驚くべき奇策、また剣をあつかう技術、そしてまたその《目》

の特別さ――なぜ、こんなにまで強いのだろう、と不思議になるくらい、おのれが強いことをグインは知っている。だが、それだけに、相手の強さに対する《見る目》もきわめて冷徹で何のくもりもない。

(これまでで一番強いぞ――これは、厄介なことになったな)

しかも、武器は、長槍、という、かなり相手にしづらいものだ。

ドーカスというその相手方は腰に短剣も帯びている。このような競技の場合には抜かないだろうが、実際の戦闘となれば、さきほどのくさりがまの相手と違って、長槍を使いつつ、すきをみて短剣を抜くことも出来るだろう。この隙のない身ごなし、足さばきからするに、接近戦で剣と剣の打ち合いになったとしても充分に、しばらくはグインに対抗出来るだけの能力をそなえているように、グインには思われた。

(剣どうしならともかく――長槍となると、あまり簡単に……あしらえぬかもしれんな)

だが、グインは、ゆっくりと闘技場のまんなか付近に歩み寄ってゆきながら、ひそかに考え直していた。

(そうか。……ならば、逆に、こやつに負けてみせても、そうそうあやぶまれはせぬか。――昨年度の闘技会の優勝者だという。だったら、俺がここで敗れてみせたところで、それほど恥とも思われぬし、また、それほど不思議にも思われぬかもしれんな。よし、

ここで、うんと接戦になって、なんとかうまく負けてやろう）

気持が決まった。

グインは、じりじりと、闘技場のまんなかにむけて歩み寄っていった。だが、目をあげたとき、また少し、グインはおもてをひきしめた。

相手は明らかにこれまでの相手のどれともまったく違っていた。ひとことも発さず、グインとまったく同じように、グインから目をひたとはなさぬまま、槍を無造作にかまえて、ゆっくりと近寄ってくる。その足さばきは一分の油断もないが、同時にきわめて落ち着いていて楽々としている。そしてまた、無用に騒ぎ立てないところも、本当に武術に長けたものだけのもつ悠揚迫らざる落ち着きを感じさせた。

（これは……本当に手強いぞ……）

武芸だけの問題ではない。この男は、武芸者として、きわめて真剣で、まったく遊び心も邪心も、またいらざる名誉心もなく、ひたすら無心に戦おうとしているのだ。その目がおそろしいほど真剣に、だが何の邪念もなく、澄んだ色をうかべてグインを見据えている。グインの力と出ようを全力ではかろうとしているかのようだ。

二人の闘士は、ゆっくりと闘技場のまんなかに歩み寄り、十タッドばかりの距離をへだてて向かいあった。

グインは、ゆっくりとすり足に右まわりにまわりはじめた。ドーカス・ドルエンが、同じく、槍をいつでもくりだせるよう、今度は穂先をななめ下にむけてかまえたまま、左まわりにゆっくりと同じ距離をとってまわりはじめる。二人はまるで相手のにおいをかぎながらぐるぐるまわっている二匹の野獣のように、じりじりと回り続けた。ひとまわり、ふたまわりしても、距離は縮まらぬ。

ふいに、ドーカスが、にっと笑った。笑うと、その傷だらけの、眉のすりきれたけんのんな顔が思いがけぬ、子供っぽいといいたいくらい純粋な笑顔になった。

「おぬし、強いな」

ドーカスの口から、はじめてことばがもれた。

「これはいい。――おぬしはとても強い。俺にはわかる。――いや、これほど、強い相手と出会ったのは、はじめてだ。嬉しいな」

「嬉しい――のか？」

「それはそうだ。俺は強い相手と戦うのが大好きだ。それを倒すのが、ではない。強い相手と戦うのが好きなのだ」

「俺は闘いは嫌いだ」

グインは歯のあいだから押し出すように云った。

「俺は好きこのんで戦っているわけじゃない。しょうことなしに戦っている。出来ることなら、この場でもう剣を投げ出したいくらいだ」

「だがおぬしはそうはしないさ。おぬしはそういうが、おぬしだって戦いは好きなのだ、そうだろう？」

言葉が終わらぬうちだった。

突然、何のまえぶれもなく、ドーカスの槍がぐいと繰り出されてきた。同時にドーカスの長身がひらりと飛び込んで距離をつめてきた。

グインはだが、ドーカスの上腕部の筋肉がわずかばかり動いた瞬間に、そうくるだろうと予期していた。すかさずからだを右にひねってよける。ドーカスが驚くべき連続わざで、槍をひき、また突き、またよけるところをまた突き、たてつづけに十回ばかりも気合いをあげながら突きこんできた。

グインは上体を右に左にひねってよけながら、素早く剣を抜いた。剣がなくては、これはよけられそうもなかった。すかさず剣で受け止める寸前にドーカスがさっと槍をひく。と思うとまたこんどは下からうねるように槍が繰り出されてくる。

グインは飛びすさってよけた。とりあえずかなり大きく距離をとって、呼吸をととのえる。

（これはすごい）

グインはひそかに感嘆していた。確かにこれは、戦場で、無差別に敵を倒すような、そういうものではなく、こうして、試合できちんと称賛されながら鑑賞されるべき《武芸》――武の芸術、といってよかった。

(世界は、広いな。――これほどの奴が、ちゃんとこの世界にもいるのか……)

「オリャオリャオリャオリャ!」

奇声を発しながら、ドーカスが槍をくりだしてくる。くりだす瞬間に素早く槍の先端をぐいとひねる。それにまともに差し貫かれれば、臓腑はすべて、ぐいとひかれた瞬間にともに引きずり出されて飛び散るだろう。目にもとまらぬ早業だった。さきほどのくさりがまの男のような、小手先の脅かしのわざではない。くりだしてはひき、飛び込んではすさる足さばきも実に綺麗で乱れがない。

カン、カン、カン、カン、とグインの大剣がドーカスの槍を払いのける。だが、穂先にはあたっていない。ドーカスは、おのれの槍の穂先をグインの大剣にふれさせようとはしていないのだ。グインのその大平剣の刃が、すさまじい勢いでまっこうからあたれば、細い槍の穂先のほうが刃こぼれするか、折れて飛ぶかするだろう。それをきらって、ドーカスは、グインの剣があたる瞬間に、するりとそらしたり、刃でないところをふれさせたりしている。そうして打ち合いながら、グインとドーカスは、バルコニーの下側のほうへむかって、知らず知らず横に移動していた。

「オリャーッ!」

ドーカスがいったん槍をひき、くさりがまのように頭上でぐるぐるとまわしてから、またさっと手元にひいて突きこんできた。すかさずグインは飛びすさってそらし、そしてこんどはこちらから飛び込んで距離をつめようとした。とたんに、ドーカスが、さっとうしろとびに飛んで、距離をつめさせない。

「凄い」

頭上から、呻くような声がきこえてきた。バルコニーで見守っている、タイ・ソン伯爵の声とおぼしかった。

「凄いものだ。あの槍の名手ドーカスを相手によくここまで打ち合うものだ……」

「御意」

誰かの声もきこえてくる。ホイかもしれぬ。それともかたわらにいる小姓の誰かか。

「なんという足さばきだ。あれで擬闘しかしたことがないというのか――いや、だが、擬闘や舞踏だったら、あのくらいの足さばきはするのかな……だがみごとなものだ。おおッ、まだ打ち合うぞ」

カン、カン、カン、カン――

火花を散らして打ち合いながら、グインとドーカスは今度はバルコニーからはなれる方向へと走った。ドーカスのほうもどうやら持久力も充分にたくわえてあるようだ。ふいに、ドーカスが槍をこれまでと違ったかまえかたをした。いったん手元にひき、右手をまきつけるようにして真横にかまえたのだ。グインははっとした。

（何をするつもりだろう、こいつ……）

どうやら、このままの状態では、膠着状態になって、いつまででも打ち合える――いつまででもそのまま打ち合ってしまう、と感じ取ったらしい。グインのほうからは、ときたまふところに飛び込んで戦況をかえようとするそぶりは見せてはいたものの、実際には、そうやって、奇手妙手をめぐらして一気に勝ちを奪ってしまうというつもりは、今回の立ち合いにはまったくなかった。それどころか、（どうやって負けたら一番自然だろう……）と、ずっとあれこれ考えながら打ち合っていたのだ。確かにドーカスはとても強いが、グインを簡単にうちまかすほどではない。それだけに、なんらか、グインのほうで策略を考えなくては、手頃な負け方をうまく作り出すことが出来ないだろう。といって、むろん、ここでいのちをおとしたり、大怪我をするようなつもりはない。

奇妙な構えに入ったドーカスをみて、グインはひそかに目をほそめた。

ドーカスは真横に持ち替えた槍をゆっくりとしごいている。

（あ！）

ふいに、グインが、ドーカスのもくろみに気づいてはっとしたとたんだった。

ドーカスは、ぐいと槍の持ち手をひき、ほとんどグインの大剣と変わらぬ長さにまで短く持ち直した。そのまま、槍をまるで剣のように使いながら左にたてなおし、矢のような早さで斬りかかってきた！

「おおッ！」

グインの口からもすさまじい怒号がもれた。ぶんと音をたててふりおろされた槍先を身を低くしてよけるはずみに、その刃先に切られて、グインのうしろ頭の黄色い毛が少しばかり切られて飛んだ。血がしぶくまではゆかぬ。が、グインのからだにふれ得たものはこれがはじめてであった。

グインはその攻撃を受け流しざま、逆に上から切り下ろした。すかさずドーカスが槍を上にあげて受け止めた。グインの大剣の攻撃は恐しい威力がある。ドーカスは槍の棹を両手でつかみ、そのまんなかでかろうじて受け止めた。本来なら、グインの渾身の一撃であれば槍は真っ二つに折れて飛んでいただろう。だが、グインは、その一撃にこめる力を半分程度におさえたので、槍は折れず、たわんだだけだった。グインはすばやくその反動を利用するようにうしろにとんだ。

「グンド！」

ドーカスが叫んだ。かすかに賞賛の響きをさえひそめた声だった。そのまま、ドーカスがふたたび槍を短くつめて持ち、殺到してきた。グインはドーカスの性急な攻撃を右に左に激しくはらいのけた。

奇妙な、《血の歓喜》——とでもいうべき充足感が、グインの全身をしだいにひたしはじめていた。ドーカスの武技はこの上もなくきっちりとしていて、しかも正統派だった。基礎もすべてきちんとおさめた上に、まったく卑怯な手、いかがわしい攻撃方法をとらぬ。それが、グインにはとてもここちよかった。それを正面から受け止めてやりたい気持がむずむずとつきあげてくる。これだけの戦士に対して、擬闘のなりゆきなどをもってこたえるのは、無礼千万だ、という気がした。その思いは、上で見ているタイス伯爵の視線への気遣いをさえ圧倒した。

「おぬしはよい戦士だな、ドーカス！」

グインは云った。云うと同時に激しく切り払う。ドーカスがまたさっと長く槍を持ち替えた。こんどは、また槍本来の用途に戻って突いてきながら、にっとうすいくちびるをゆがめて笑う。

「おぬしこそ。おぬしと戦えて無上の幸せだ。本当は槍でなく、おぬしと同じ大剣で戦ってみたかったたな」

云うひまにも槍が矢のように、しだいに間隔をつめてくりだされてくる。カン、カン、とグインは剣で打ち返してふせいだ。だが、しだいにドーカスの槍の間合いが短くなってくることに気づいていた。

(このままだと——剣だけでは受けきれなくなる……盾があればよいが……よし)

もう、仕方がない。

ドーカスを相手では、また、ドーカスに対して無礼だ、というだけではなく、ドーカスの技倆からして、負けてみせようとするならば、かなりの怪我をおう可能性もあった。それも、槍だから、どのていどの怪我になるかが読めない。剣ならばおおむねこのていどそらしておけばこのていど切り裂かれるだけか、という見当もつくが、槍に刺されたら、ほんのちょっと刺された場所がずれても致命傷になってしまう。

（やむを得ぬ）

グインは、汗ですべりかける大剣を左手にうつし、素早く右手の汗を足通しにぬぐった。革ひもを手にまいておくのだった、と一瞬思いながら、ドーカスの槍のたゆみない攻撃を右に左に、またからだだけひねってかわして間をとる。一瞬ドーカスがまた槍をひいた。

刹那！

グインは一気に殺到した。だが、ドーカスのうちぶところに飛び込んだのではなかった。ドーカスが、当然それを予想してさっとまた槍を短くかまえようとする。その瞬間、グインはドーカスのうしろ側まで飛び込んでいた。あいた右手で槍の尻をとらえ、ぐいとうしろざまにひいた。

ドーカスはふいをつかれた。あっと態勢をくずすところを、うしろざまに、左手の大剣をのどもとにつきつけ、右手でドーカスの手首をつかんでねじりあげた。しびれたドーカスの手から槍がぽろりと落ちた。

「参った」

ドーカスの声は、むしろ、この敗北を喜んででもいるかのように明るかった。たかだかとバルコニーからあげられる白旗を見上げながら、激しく息をはずませている。

「東方、モンゴールのグンド！」

勝者のふれをききながら、ドーカスはまだ激しく肩で息をしながらグィンをふりかえった。まだ、グインの剣はドーカスののどもとに擬されたままだ。

「おぬし、凄い剣士だな。こんな素晴しい剣技は見たこともない。おぬし、本当にただの傭兵か。これほどの剣士がいれば、ちょっとはどこかの戦場でも、どこでも評判になっているはずではないのか」

「ドーカス、おぬしはすぐれた戦士だ」

グインはドーカスの耳もとで、他の者に聞こえぬよう、低く口早に囁いた。

「頼みがある。俺をそんなにすぐれた剣士にさせないでくれ。運よく勝ったように口裏をあわせてくれ。おぬしはいま、本物のケイロニアの豹頭王と戦ったのだ。このことを内緒にしてくれ。知られては困るのだ」

「…………！」

うたれたように、ドーカスがよろめいた。グインは剣をひきながら、ゆっくりとドーカスに微笑みかけた。これはたいへんな賭けだった――だが、グインは、これだけ打ち合った中に、ドーカスの人柄を信用できる、と感じていた。それに、ドーカスほどの戦士が、このことについてどう思うか、読めている、とも信じていた。

ドーカスは、あえぎながら、化物をみたようにグィンを見つめた。それから、どう考えてよいかわからぬように、しびれた右手首をさすりながら、おのれの槍を拾い上げた。そして、礼儀正しく対戦相手に礼をする。敗北した悔しさも、怒りも、そこには感じられなかった。

「本当だとしたら、俺は一生忘れることのできぬ体験をしたことになる」

ドーカスが低く云った。

「だがおぬしほどすぐれた戦士は……本当かもしれぬ。……わからぬ。俺は混乱している。——だが口外などしない。出来たものではない。……どう考えていいんだろう。ちょっと、ひとりにしてくれ」

ドーカスは、バルコニーにむかって頭をさげると、そのまま、いかにも敗北にうちのめされたかのようによろめきながら、いそいで西の扉に入っていった。

グィンはそれを気がかりに見送った。これはあまりにも大きな賭けではあった——だが、同時にまた、これだけすぐれた戦士に、これだけの時間剣をまじえていて、おのれの力量が見破られてしまわぬわけはなかった。

（ということは……これから先は、もっと危険だということか……）

グインはじっと何ごとか考えていたが、そのとき、バルコニーの上から、拡声器がけたたましく叫んだ。

「モンゴールのグンド。バルコニーの御前に出よ」

グインはわれにかえったように、大剣を鞘におさめながら、云われたとおりにした。

「素晴しい、素晴しい試合だった！」

頭上から、ひどく興奮しているらしい、タイ・ソン伯爵の声が降ってきた。

「これほどに充実した打ち合いは、しばらく見たこともなかったぞ。――あのドーカスは長槍のみならず大平剣でも優勝候補とされていながら、ガンダルがいては決して優勝できぬからと、みずから大平剣の部を遠慮し、みごと去年の水神祭りでは長槍の部の優勝をかちとった、クムでも名うての勇者とされている男だ。それをあいてによくぞこのような見事な勝利をおさめた。やはりわしの思っていたとおりだ。今年の水神祭りを制し、ルーアンのガンダルを負かす者はお前をおいてはない。グンド」

「いまのは僥倖にすぎぬ。どうやって自分が勝ったかも覚えていないくらいだ」

グインはむなしく抗弁をこころみた。

「いまのは本当にまぐれだ。ドーカスは素晴しい戦士だ。もう一度戦ったらたぶん俺が負けるに決まっている」

「いや、そんなことはない。お前は素晴しい。グンド」

タイ・ソン伯爵のたかぶった声が、グィンの耳に不吉に響いた。

「お前こそ、わしの求めていた男だ。もう、決して離さぬぞ。欲しければどんな報酬でもくれてやる。お前はわしの宝物になるのだ。さあ、上がってこい。勝利の杯をくれてやる」

第三話　快楽の奴隷

1

（俺は、かなりの馬鹿者だったかな……）

タイ・ソン伯爵に杯を与えられ、大闘技場への移動の準備が出来るまで、しばらくのあいだ控え室で休んで待っているように、と案内されて、ひとりになったあと、グインはかなりげんなりとした気分で座っていた。

もう、さきほどと同じ皆と一緒の控え室ではなかった。グインのためだけに個室が特別に用意されていた。それさえも、タイ・ソン伯爵のなかで、いかにグインの価値そのものが、ドーカスとの一戦の前とあととで変わってしまったかをまざまざと物語っているかのようであった。

だが、それはグインにとってはますます困惑させられる展開であったのには間違いなかった。だが、ドーカスは非常にすぐれた戦士だった。予想以上に彼がすぐれた戦士であったがために、グインがひそかに考えていたように、さりげなくドーカスに敗北したように見せかけて自分の弱さを伯爵に印象づける、ということは実際上、不可能だったのだ。それどころか、逆に、非常にすぐれた戦士であるドーカスと互角か、それ以上の力量をもつ戦士である、ということを、伯爵にはっきりと知られてしまった。もう、これはまぐれである、と主張することも無理があった。

（困ったことになったぞ……）

いまこそ、グインは、かなり厳しい状況に追いつめられつつあることを感じていた。だが、やはり、どれだけ考えても、フロリーとスーティもいて、そしてリギアとスイランの剣だけを助けに、ひそかにタイスを脱出する、ということは出来そうもない。マリウスとも完全に引き離されているし、それにマリウスはいまやタイス伯爵のお気に入りになってしまっている。ずっと、タイ・ソン伯爵の褥によばれてはべっているようだ。

（といって、マリウスを置いてゆくというわけにはゆかぬ……）

伯爵が知るすべもないのは当然ながら、マリウスはパロの王子であり、いまや実際には第一王位継承権者という重大な身——当人がこのように逃げまわっていなければ、とっくに王太子として立太子していなくてはならぬ身の上だ。しかもグインの義兄でもあり、ケイロニア皇帝アキレウスの娘婿にして、アキレウスの目にいれても痛くないほど可愛がっている孫娘の父親でもある。妻のオクタヴィアとは、いまのところはかたちの上では離別しているのかもしれないが、それでも、マリニアの父親である、という事実は変わらない。

（いまのところは吟遊詩人ですませられていても、そのうちに――もし何かのはずみに万一にも素性がばれるようなことでもありでもしたら……）

それこそ、クムにとってはたいへんな人質を手にいれたことになってしまう。しかも、ケイロニアのみならず、パロと、二大国への切り札ともいうべき存在をだ。

（その上に……）

自分自身がケイロニア王であることはさておくとしても、グインは、ゴーラ王イシュトヴァーンのおとしだねである、幼いスーティの身の上がもっとも気がかりだった。

（まあ、こうしていれば――フロリーが口をすべらしてしまわぬかぎりは、よもやそんな素性の子供であろうとは、誰ひとり想像もつかぬかもしれんが……）

それにしても、万一、ということもある。これまたなんらかのはずみに素性を知られてしまえば、これもまたたいへんな騒ぎを中原全体に巻き起こすこと疑いなしの幼児であるのだ。

（これはどうも、八方ふさがりになってしまったな……だが、どう考えても、ルーエであの迎えからていよく逃れる方法はなかったし……俺がこの頭のままで中原をのほほんと、この豹頭をさらして旅して歩くことは、あの方法以外には不可能だったはずだ……

…）

どうしたものだろうと、グインがひとり、思案投げ首の体でいたときだった。

かるく、ドアがノックされて、グインははっと身をおこした。

「誰だ？」

「ちょっと、失礼」

低い声がかけられて、するりと、細めにあけられたドアのすきまから、室内にすべりこんできたのは、思いもよらぬ人物であった。

それは、さきほどグインと激しい戦闘をくりひろげた、昨年度の長槍の部の優勝者、ドーカス・ドルエンであった。もう、戦闘用の裸同然の衣類の上に、すっぽりと腰まであるチュニックをかけ、額には銅の太いバンドをまいて、足通しもゆったりとした、クムふうのものにかわっている。

「………」

「お邪魔してよかろうか？」

「べつだん、用はない。迎えを待っているところだ。入るがいい」

「忝《かたじけ》ない」

ドーカス・ドルエンは、注意深くうしろ手に扉をしめた。しめる前にさりげなく、ドアの向こうの廊下のようすに耳をすませた様子に、グインは気づいた。

それから、ドーカスは、グインに振り向いた。さきほどの、闘技場の光のなかで見たのとはうってかわって、薄暗い室内のあかりのなかでは、ドーカスは、ほとんど物静かにさえ見えた。眉がすりきれ、古傷が顔にいくすじも残っている険呑な人相は変わらなかったが、沈着で、冷静なようすが見てとれた。

「あまりに気に懸かってどうにもならなかったので、確かめに来ました」

ドーカスが低い声で云った。

「いまだになかば以上は信じられぬ心持で一杯です。——貴殿はまことのケイロニアの豹頭王グイン陛下か。もし、それがまことなら——このドーカス・ドルエン、一生に二度とはない素晴しい、大変な名誉を最前頂いたことになる。だが、あまりにもとてつもなさすぎて——信じられぬ。だが……確かに貴殿の腕前……いや、腕前だけではない、向かい合って立ったおりのあたりを払う威厳、風格、おのずとそなわる帝王の光と輝き……何もかもが、《ただものではない》と私に告げていた。貴殿はまことのグイン陛下か。決して他言はせぬ。決して陛下のおためにならぬような情報をもらしたりはせぬ。ただ、いまいちど、お聞かせいただきたい。まことのことを知りたい」

「………」

「迷っておいでか。いまはじめてお目にかかるこのドーカスを信じていただけぬのも無理はない。だが、それがしは槍一筋剣一筋、ただひたすら《世界一の闘技士》になることだけを念願に修業を積んできた。つねに陛下のご勇名は耳にしており、一生にいちどなりとも、それほどまでに素晴しい戦士のたたかいぶりをこの目で見たいと切望してきた。しかしながら生来武芸は好みながら殺生そのものはあまり好まず、兵士としての戦いに出るつもりはなかったがゆえに、陛下と戦場でお目にかかることはまずありえまいといつも無念に思っていた。――それがもしも、まことのグイン陛下とかりそめにも剣をまじえたということであれば、それはそれがしにとり、一生の」

「ドーカス」

グインは肚を決めた。

というよりも、あの闘技場での、とっさのおのれの感覚を信じることに決めたのだった。グインはゆっくりと立ち上がってドーカスに近づいた。その雄渾な体格を、ドーカスは驚異の目で見上げた。ドーカスもかなりの長身であったが、とうていグインには及ばない。また、横はグインがドーカスの倍はかるくあっただろう。

「おぬしはケイロニアの豹頭王本人と剣をまじえた。だが、それをひとに誇ってもらうことは遠慮してもらうわけにゆかぬだろうか。実は俺はある理由あって、ひそかにパロを目指している。その途中、何があろうと中原をこの目立つ姿のまま踏破せざるを得ぬと考え、いっそのこと、《本人に化けている道化者》を装えばそれも可能かとこのような茶番を思いついた。この頭はほかにどのような変装をするわけにもゆかぬのでな。だが、はからずも、そうして変装のためにおこなった茶番劇が評判をよんでしまい、ルーエでタイス伯爵の招聘を受けてしまうこととなった。思わぬ成り行きに非常に困惑している。出来ることなら、伯爵に失望してもらい、たくみに敗れて追放されたかったのだが、おぬしがあまりにすぐれた戦士であったがゆえに、手抜きすることがかなわなんだ。おぬしはよい戦士だ、ドーカス」

「おお――――！」

ドーカスは、低く云った。

そして、感に堪えたようにしばらくじっとうなだれていたが、ややあって、おもむろに、膝まづいた。

片膝をつき、そして腰から、帯びていた短剣をすらりと抜きはなった。くるりと刃をかえして、柄をグインに向けて差し出す。

「ケイロニア王グイン陛下」

敬虔な声でドーカスは云った。

「はからずもこのようなかたちでわが一生の夢がかない、わが心の英雄に剣を交えていただく栄誉を得たとは。――むろん他言はいたしませぬ。それどころか、それがしのすべての忠誠を、おん前に。――もし陛下さえおよろしくば、いまわが捧げる剣をおとりになり、わが剣のあるじとなりたまう光栄をお与え下さい」

「それはまた、性急ではないか？　ドーカス」

グインは苦笑していった。剣の誓いについては、マリウスから、長い道中のあいだのつれづれ話に聞かされてもいたし、その作法は一応知っている。マリウスは、グインが遭遇しそうなさまざまな局面を想定しては、そのおりにはこうすればよいのだ、と、グインが本来なら当然持っているであろう常識をグインに極力与えてくれたのである。それをマリウスにおおいに感謝せねばならぬ、とグインはひそかに考えていた。

「そのようにお考えになるもごもっとも。だが、それがしは剣一筋槍一筋のきっすいの剣闘士です。わが父親タリオン・ドルエンがタリアより、武術をかわれてタイスに剣闘士として移住してきて以来、このタイスにあって、ずっと剣闘士の子として生まれ、剣闘士として育ち、これだけの武芸をいまだ、戦場でひとをあやめるに向けたことはありませぬ。ルアー神殿にわが剣を捧げ、じっさいの人間には——もしもこの自分をうちまかし、何から何まで完璧な戦士がいたときにだけ、その戦士に心から私淑して剣を捧げようとのみ思いながら今日の日まできました。だが、これまで、それがしをうち負かした剣士はいれど、それがしを心から素晴しいと感嘆させた剣士はおらず——」

「ガンダルはどうだ？」

興味にかられて、グインは思わず口をはさんだ。

「ガンダルはクムの国民的英雄と聞き及ぶ。確かにいまは忍びの旅の身の上で、この上本性があらわになるような試合は困ると思いつつも、ついつい戦士のさがか、それほどまでに名高いガンダルとならば、いささかの手合わせはいたしてみたいものだ、とさえ考えてしまうほどだ。おぬしはガンダルとは手合わせしたことがあるのだろう、ガンダルにはどうだったのだ。私淑はしなかったのか。敗れたのか」

「私は三回、ガンダルにいどみ、そのたびに、かなりの傷をおって敗れました」

ドーカスは答えた。

「もっとも若き日にはじめていどんだおりにこの顔の傷のいくつかと、そして背中に深傷をおい、しばらく休養を余儀なくさせられました。次には右肩にいまなお残る傷をおい、さいごに横腹にも傷をうけました。いずれも、いまはもう本復しておりますが、ガンダルの強さはよく知っております。しかしながら……」

「しかしながら？」

「ガンダルは、まことの勇者ではありませぬ——少なくとも、わたくしが求める真の勇者とは申せませぬ。彼は勝つためならばどのようなことでもいたします。世界一強い男、という名誉だけが、彼の求める唯一の勲章であり、それを守るために、彼はどのようなことでもいたします。これまで本当におのれよりも強い人間と会ったことは一度もない、とガンダルは公言しておりますが、その実、まことにいかなガンダルといえど敗れそうな相手と出会ったときには、ときにひそかに汚い手をつかって相手を葬り去ったり、闇討ちにあわせてでも、おのれの王座を守ってきた、とのひそかなうわさもございます。また、その素行にもとかくのうわさがあり、わたくしにとっては、とうていガンダルは敬意の対象ではありませぬ。しかし、強いのは確かであります。それゆえ、ガンダルと戦うことを昨年は避けました。それはしかし、ガンダルに再び敗れて傷をおうのを恐れてのことではございませぬ」

「ほう。それでは何故」

「ガンダルはかなり年老いて参っております。——そして、この数年、一年一年とその老いが強まって来つつあるとのうわさであります。そして、ガンダルは、そのうわさを極度に恐れております。——《世界一の勇者》の名を守ったまま引退しようと、ガンダルはありとあらゆる手をつくすことがいっそうつのっているとのうわさがあります。わたくしは、正直申して若き日にはただ、ガンダル一人をさいごの目標として掲げ、ガンダルに勝つことをおのれの人生のただひとつの生き甲斐としておのれを鍛えて参りました。だが、いま、わたくしは、もしもガンダルと剣をまじえ、そしてガンダルが、おのれよりもわたくしのほうが強いと思えば、どのような卑怯卑劣な手を使ってでも相手を葬り去るだろうと恐れております。それゆえに、わたくしは昨年の水神祭りではガンダルとぶつかるおそれのない長槍部門をおのれの舞台に定めました」

「ほう……そうか」

グインはいま得た情報をじっと咀嚼していた。そのグインに、ドーカスは、さらに剣をさしだした。

「どうか、それがしの剣の主となられて下さい。むろん何があろうと決して陛下のおためにならぬようなことはもらしはいたしませぬ。それどころか、剣の誓いを捧げた身として、その身はクムにありつつも、つねに陛下の一の臣下のつもりで、陛下に忠誠を捧げさせていただきたいと存じております。最前の戦いぶりもさることながら——ドーカスは、陛下のその、戦いぶりそのものからあふれ出てきた陛下のお人柄、その威厳、その帝王ぶりに惚れ込みました。——わが剣の主となり、もしも君が望むときにはいつなりとわがいのちをお取り下さい。わが誓いにいつわりありと思わば、いますぐこの剣を押し、わがいのちをとりたまえ」

「その剣の誓い、受け入れよう」

グインは鷹揚にいった。そして、剣をとり、マリウスに教わったとおりにその刃に唇をあて、そしてぐるりとまわして柄のほうをドーカスにむけて返した。

「陛下——！」

感きわまったようにドーカスが低くこうべをたれた。その刃におのれもくちづけをして、それからうやうやしく、深々と臣下の礼をとる。立ち上がって短剣を腰の鞘に落としこむと、ドーカスは、崇拝にみちた目でグインを見つめた。

「陛下は、こののち、どのようにされるおつもりでございますか？」

「俺は、困っている」

グインは率直に云った。

「俺は、一日も早く、連れをパロに送り届けてやらなくてはと思っている。いまは、その連れがどのような存在であるのか、云うわけにはゆかぬが、実をいうと、かなり中原のなりゆきに大きな影響をあたえるような、そうした連れをともなっている。そして、それらを安全に守ってやるために、俺はあえて素性を隠してかれらの保護者として、かれらを連れて中原を横切ることを引き受けた。——それゆえ、このようなところで、タイス伯爵の武芸好きにつかまるとは思わなかった。といって、タイス伯爵は俺の連れ——というか、一座の座長である吟遊詩人をことのほかお気に召し、その褥に召されているようだ。彼だけを置いてゆくわけにもゆかぬし、また俺のともなっている女騎士といまひとりの騎士も俺同様、水神祭りに出よと命じられて困惑している。その水神祭りというのはまもなく開始されてしまうのだな」

「さようでございます。あとものの十日とはたたぬうちに、タイスの町は水神祭り一色に染められましょう。そうなれば、ルーアンからも、タリク大公はじめ、ガンダルはむろんのことたくさんの闘技士たち、芸人たち、見物の観光客もやってきます。世界各国から、有名なタイスの水神祭りを見に来るものたちが、タイスを埋め尽くすのです。今年はことに盛大でありましょう——ことに闘技会はたいへんな規模のものとなりましょう。それというのも、ガンダルが、いよいよ今季に大平剣の部で優勝をおさめれば、それを有終の美としてついに引退する、と公言しているからであります」

「そうなのか」

「それゆえ、ガンダルをめぐっても、またほかの部門でも、とてつもない額の賭け金が乱れとぶことでしょう。——タイス伯爵はその胴元となって毎年巨額の収入を得ております。それゆえ伯爵には、沢山の強い戦士が——各部門で、おのれのコマとなってくれる人気の戦士が必要なのです。毎年沢山の戦士が水神祭り闘技会で命を落としております。それは試合に負けてというだけではなく、多額の賭けをして大損をしたものたちの怒りをかってひそかに殺されるものも多いのです」

「ウーム……」

「陛下が水神祭りにお出になっては、ますます——そうですね……」

ドーカスは考えこんだ。

「確かに、あるところまでは、豹頭王に化けて荒かせぎをたくらんだ芸人だ、と申し開きも出来ましょうが、しかし、こうしてお手あわせをしたわたくしの考えを申し上げれば、陛下がその戦いぶりを披露されてゆけばゆくほど、それは、見るものに、『これはもしかして?』と思わせてしまうでしょう。それほどに、陛下のお力は、あまりにもほかのすべての戦士たちとかけはなれすぎております。わたくしはさきほど、闘技場に出てはじめて陛下と対峙したとき、いったいこれは何がおこったのかと仰天いたしました。それほどに、ルアーその人がここにあらわれたかと思うほどの威厳と——あまりにも他の戦士たちとは違いすぎる何かが陛下をつつみ、大袈裟にいえば後光がさしているとさえわたくしには見えました。——それほどまでに他のものとは違っておいでになる陛下です。当然、大会となれば、わたくし以上に名のある剣士もきます、目のある者もおります。その者たちが、どうして、これがただの旅芸人だと見間違うことが御座いましょうか？　陛下はあまりにも……あまりにも偉大でおいでです」

「………」

「もうはや剣を捧げたてまつり、わが剣の王とおなり頂いたことでもあります。もし、何かお困りのことがあれば、いつなりと、このドーカス・ドルエン、陛下のお役にたちたく——どのようなかたちであれ、お役にたちたく存じます。わたくしはいつもは闘技士宿舎におりますが、わたくしの家はロイチョイの近く、南タイスの桟橋近くにございます。もし何か、陛下がわたくしに御用がおありの節にはいつなりと、お声をおかけ下さい。闘技士宿舎でドーカスをと呼んでいただいてもよろしゅうございますし、家の者のほうにも、もしこれこれの人物が助けを求めてきたら、この自分の大切な方であるから、いつなりとすべて投げ出してお仕えするようにと申しつけておきます。むろん陛下であるなどとは申しません。ただ、わたくしの大事な方であるとだけ、云っておきますので。わたくしの家はちなみに、南タイス桟橋にむかっていって、大きな緑色の屋根のある、入口にルアーの像のある家と探していただければすぐおわかりになろうかと存じます」

「それはかたじけない。何よりの申し出だ」

　グインは云った。

「それに、おぬしには、いろいろと教えてもらいたいこともある。俺はタイスははじめてでいろいろと不慣れなことも、わからぬことも多い。——だが、おそらく、伯爵がこのまま、俺に闘技士として戦い続けよと命じられるなら、いまおぬしが云ったとおりに俺も氏素性を暴露される危機がしだいに高まってくることと思われる。そのさいには、あるいは、かなりの危険をおかしても、力づくでひそかにタイスを脱出せねばならぬかとも思っている。——まだ剣を捧げてもらって間もないおぬしに、あまりはなはだしい迷惑をかける気持はないが、知恵を貸して貰うだけでも我々としてはとても助かることだ」

「なんの」

　ドーカスはにっと笑顔をみせた。

「そのようなことでしたら、わたくしもひとつ、本気で、陛下のような目立つおかたが、ひそかにタイスを脱出されるとあればどのようにしたらよいか、考えておきましょう。──お連れは、足弱もおいでになるのでしょうか？」

「足弱も足弱」

グインは苦笑した。

「幼な子を連れたミロク教徒のきわめて内気な婦人、剣をもつことも知らぬ吟遊詩人、しかもタイス伯爵の気に入りだ。あとは傭兵あがりの剣士と女としてはそこそこ強い女騎士だから、まあまあだがな。だが守らなくてはならぬのはその幼な子なのだ」

「幼な子」

ドーカスはおもてをひきしめた。

「それは大変でございますね。──わかりました、しかしそれがしもそれとなく、いろいろと宮殿内のうわさだの、水神祭りの予想だの、情報を集めておいてみましょう。しかしひとつお気を付けになったほうがいいかと思いますのは……」

「ああ」

「わがとりあえずの小屋主ながら、タイス伯爵タイ・ソンどのは非常にこう申すとははばかりながら残忍なおかたです。──また、ことのほか、武芸大会に執着してもおられますし、また、いまその吟遊詩人が伯爵のしとねにはべってとおおせになりましたね？」

「ああ。ことのほかお気に召したようで、顔見せのおりに早速お召しになり、その後ずっと枕席《ちんせき》にはんべっているようだ」

「小姓でもそうなのですが……」

ドーカスは沈痛な顔になった。

「タイ・ソン伯爵は、どうも、その……いったん、夜のお相手としてお気に召した相手がいると、その御寵愛の程度にもよりますが……どうも酒を飲んでさんざんにたわむれ、そのおりにいろいろなことをうかうかと口にしてしまわれるようなのですね。おのれの秘密や、タイスの秘密や、クムの内情などを。――そして、それをあとでは非常に後悔なさるのです。そのせいでしょうが、タイ・ソン伯爵にある程度以上に気にいられた小姓や色子、旅芸人などは……その……」

「なんだ、気になる。何なりといってみてくれ」

「伯爵がその相手に飽きてしまわれたとき、生きてタイスを出されるということがまずない、といううわさになっております。――伯爵が、御寵愛のみぎりに喋りすぎて、いろいろなことを知りすぎてしまった相手を、生かして国外に出すのは危険だというので……必ず、別の相手に御寵愛が移ったときに、毒の杯をとらせたり……場合によっては、悪名高い《真夜中の見世物》の生贄になさったり……水牢に落とされたり……」

「真夜中の見世物だと、なんだそれは」

「伯爵の居城の一部には、それ専用の《もうひとつの闘技場》があるというもっぱらの噂です」

ドーカスは沈痛に云った。

「そこでは、剣をもたぬ、かよわい小姓や美少年の色子が、剣士たちになぶりものにされて殺されたり、追い回されてなぶり切りにされたり、猛獣をけしかけられたり——そして、それを、ごく限られた伯爵とその側近たちだけが酒を飲みながら見物して楽しむのだという……噂です。噂ですが、しかし伯爵の寵愛をうけたまま、帰ってこなかった色子や小姓はその数を知れぬというのも本当です。その吟遊詩人のかたのことを思えば、確かになるべく早めにタイスを逃げ出したほうがよろしいのではないかと思われますが……」

2

まもなく、馬車の用意がととのった、と小姓が呼びに来たので、ドーカスは急いで出てゆき、グインは馬車に乗せられて大闘技場へ向かうことになった。

だが、グインはずっとたったいまドーカスにきかされた情報について考えこんでいた。それはとうていグインを元気づけるようなものではなかったのは、想像のとおりであった。

ことに気がかりだったのは、ドーカスのいった最後のことば——タイ・ソン伯爵に寵愛を受けた者たちの、あやしげな末路についての言葉であった。

(マリウスをこのままにしておくわけにはゆかなさそうだな……)

本当は、もう一刻の猶予もならぬところまできているのかもしれない。マリウスを救い出し、フロリーとスーティを連れて、なるべく早くにタイスを逃亡したほうがいいのだろう。だが、いかなグインといえども、単身——リギアとスイランがいるにせよ、わずか三人で、三人の重荷を連れて、タイスの全騎士団を敵にまわして逃亡をはかる、というのは容易なことではなかった。

（ともかく、まずは……何がなんでも俺がただの旅芸人の傭兵あがりだということで押し通して……本当の素性だけは決してばれぬようにしなくては……）

クムとケイロニアの国交は断絶してはいない。なかには、ケイロニアに外交官としてきたことのある重臣も少なからずいるはずだ。いまはまだ、タイス伯爵の居城だけだからよいが、このさき水神祭りというようなものに巻き込まれて、ルーアンからきたクムの重臣たちに見られるようなことがあったら、かなり危険が身に迫ってくると思わなくてはならない。

（だがまず一番心配なのはマリウスか……）

マリウスはケイロニアでは、ほとんど社交的な儀式や宴会には登場していなかったから、彼が《ササイドン伯爵》であることまでは、よもや顔を覚えているものはいないだろう。これだけ状況が異なっていれば、ましてや、よほどに想像力にとんだものであっても、まさか世界一の大国ケイロニアの皇帝の女婿《じょせい》ともあろうものが、吟遊詩人のすがたとなってタイス伯爵風情の枕席にはべっている、などとは思いもよるまい。

本当の素性がばれてしまえばそれはそれで国際政治の人質とされる危険もともなうが、一方では、本当の素性がばれぬままだと、不要になった、秘密を知りすぎた床の相手、としてあっさりと殺されてしまう危険をともなっている。どちらにころんでも、このままにしておくわけにはゆかなさそうだ。

（だが、いまは……とにかくいま現在は、俺とても、どうしてやるわけにもゆかぬ……）

少なくともいまはまだ、マリウスはタイ・ソン伯爵の寵愛まっただなかであるようだし、そのタイ・ソン伯爵はこれからしばらくは、グインを大闘技場でさまざまな相手と戦わせることに熱中していて、今夜まではまず居城に戻りそうもない。マリウスがいま何をしているのかわからないが、なんとかして、いまのうちにマリウスと連絡をとる方法はないだろうか――とグインは考えた。

（何よりもまずいのは、スイランとリギアと――フロリーとスーティ、それにマリウスと……我々がみな、ばらばらにひきはなされてしまっていることだ。――当初は一座だから一緒にしてもらえると、たかをくくっていたが、こうしてそれぞれに違う場所に引き離されてしまうと――思うように連絡をとることも、いまどこにいるのかさえ、互いにわからなくなってしまっていることだ。俺が大闘技場に連れてゆかれつつあることはたぶんリギアやスイランにはわからぬだろうし、マリウスがどうしているかも俺にはわからぬ。ましてや、フロリーとスーティがどうしているかは……おそらくは、あてがわれた室で不安に思いながら待っているのだろうが……）

フロリーは軽挙妄動するようなたちではない。それがこのさいは一番ありがたい。ここでもしもフロリーになりマリウスになり、迂闊に動かれようものならば、それが一番、グインとしては恐しい。おのれのまったくかかわりようのない、知るすべもないところで、どのような事態になっているか、わからぬのだ。

（その意味ではマリウスのほうが心配だが——といって、マリウスのほうがまだしも世故に長けているから、その意味ではマリウスのほうが安心だが……ただ、とにかく、マリウスになるべく早く、タイ・ソン伯爵の枕席にはべって寵愛を受けた者は、気を付けないと寵愛が他の者にうつったときに殺されてしまうらしいぞ、と警告してやる必要があるな）

当面はもう、本当の素性の恥も外聞もあったものではなく、マリウスに、タイ・ソン伯爵に気にいられるようにつとめていろ、と忠告してやったほうがいいのだろう。もっとも、マリウスはそういう意味ではごく要領よくふるまうだろうとは思っていたのだが。

（ともかく、マリウスと——なんとかして連絡をとって——だが、それも、こうして地理もわからぬタイス市中を馬車で大闘技場に連れてゆかれる最中ではどうにもならぬ。……ともかく今日強いられる競技を全部なんとか適当にあしらって切り抜けて、今日はなんとか紅鶴城に戻してもらえれば——そこで、たぶん夜の宿舎はまたほかのものたちと一緒になれるだろう。マリウスは、またタイス伯爵の閨に呼ばれるのかも知れないが、その前なりあとなりに、用があるといってなんとかしてこちらによんできて、その警告だけでもしてやって、心構えをさせておかぬと……)

(もし本当に万一のときには、おのれの本来の素性をあかしてでもかまわぬから、なんとかして殺されぬよう、身を守れ、といってやったほうがいいのだろうな。——あの城はやたら入り組んでいて、構造さえ、どうなっているのか、外来者の俺などではよくわからぬ。城のあちこちにひきはなされていたら、マリウスを探し出し、フロリーとスーティを連れ出し、スイランとリギアをともなってなんとか城を出よう、などと画策しているあいだにあっさりとつかまってしまうだろう)

そのように考えてみれば、実際には、かなりの窮地に追いつめられているのだ、とグインはあらためて考えた。

(だが、いまはまだ、考えたところでどうなるものでもない——それよりも、どうやって、タイス騎士団をふりきってタイスを脱出し、無事にオロイ湖をわたり、クム南部にのがれて、パロまでの残りの距離を逃げ切るか、ということを考えてみないと……よほどの奇策が必要になるだろうな。ウム——確かに、通常どおりの手では、とてものことに逃げきれそうもない。ことにオロイ湖、というのが難物だ。……陸続きならばまだなんとかならぬものでもないが、船の上となると、とりかこまれたら多勢に無勢はいやが上にも……)

(まさかと思うが、そうこうするうちに、ゴーラの追手などまでも姿をあらわした場合には……いよいよみつどもえ、四つどもえだ……）

（いや、待てよ……だが、もし、万一そのようなことにまでなったときには、いっそ、かえって……その状況を利用する、ということだって……かなわぬわけではないかもしれぬ……ウム、待てよ……）

グインがふと、八方ふさがりの状況のなかに、かすかな光明のかけらのようなものを見出した気分でおもてをあげたときだった。

「モンゴールのグンド、大闘技場に到着したぞ。降りよ。伯爵閣下はご寛大なお心をもって、そのほうと昼食をともにしようとの有難いおおせだ」

馬車がとまり、そして馬車の扉が開いて、クム騎士が顔を出して告げたのだった。グインはうっそりとうなづいた。どのみち、もうここまでくれば、紅鶴城に戻るまでは、じたばたあがいたところでどうなるものでもなかった。


「いや、おぬしはまことに大変な戦士だ」

タイ・ソン伯爵は大変な上機嫌であった。

よほど、居城の小闘技場でのいくつかの試合に感ずるところがあったのに違いない。ことに、さいごのドーカス・ドルエンの槍との試合については、伯爵はまことに感嘆してやまぬようすであった。

「どうして、擬闘しか向かぬなどとおのれで思い込んでしまったのだ？　これほど、みごとに戦うものを。さあ、まあ、入るがいい。ささやかながら遅い昼餐の席をもうけさせたぞ。おぬしとまた、じっくり語ってみたくてな。おおそう、おぬしの座長殿にも、おぬしの晴れ姿を見せてやろうと思ったのでな、最前連れをやって、こちらに呼んできた。午後の、大闘技場での戦いは、マリウスにも見せてやるゆえ、そのつもりで精一杯つとめるとよいぞ」

「おお」

はっとしてグインは云った。

「それはかたじけない」

はからずも、最前からずっと悩んでいた問題のひとつは、少しはめどがついたのだ——もっとも、タイス伯爵のおらぬところで、マリウスと話を出来るかどうかはわからなかったが、少なくとも、いま現在のマリウスの居場所については、これ以上ないくらいはっきりと把握できることになったのだ。それだけでも、ずいぶんとグインは助かる思いであった。

「なあ、どうしておのれには擬闘しか向かぬなどとおろかなことを考えたのだ？　本当に傭兵をつとめていたとき、戦いが嫌いだったのか？　あの戦いぶりをみた限りではとうていそうとは思えぬぞ」

「戦いは好かぬ」

グインは、あらかじめ聞かれそうなことがらについては、いくつかの答えを用意してあったので、あまり驚かなかった。

「こういう闘技場で試合をしたのは実ははじめてなのだが、しかし、傭兵として実際の戦場で、乱戦状態のなかで戦うよりはずいぶんと気が楽なもののようだ。一対一であるのも——ひとりと戦っていながらあちこちに気を配らなくてはならぬ戦場とはずいぶん状況が違うし、それに、これは本当の戦闘ではない、殺すか殺されるかではなく、降参すればいいのだ、と思うとずいぶんと気が楽になる。たぶん俺はとても臆病なのだろう。それゆえ、まことの殺し合いではない、試合だと思うと擬闘とそれほどかわらぬ、と思えるのだと思う」

「なるほどなあ！」

だが、そのグインの答えは、タイ・ソン伯爵をたいそう感心させたらしかった。タイ・ソン伯爵はしだいにグインのあえていうならば横柄きわまりない口のききかたさえも、おおめに見る気持になってきたらしく、それに目くじらをたてようとはしなかった。

「だが、わしは見ていたが、お前はおそらくほんのちょっとコツをさえのみこんだら、地上最強の剣闘士にだってなれるに違いない。これはもう、今年の水神祭りでのガンダルとの試合がいまから楽しみでならぬ。お前ならばきっとガンダルを倒せる——今年がおそらくガンダルの最後の闘技会出場だろうというのでな、実にさまざまな小屋主が目の色をかえて、ガンダルをさいごのさいごにうち倒す力をもつ剣闘士を探し回っている。むろん大半の観衆とガンダルの贔屓と、そしてすべてのルーアンの人間はガンダルに賭けるだろうからな。ガンダルの賭け金はとてつもない金額にのぼるだろう――ガンダル自身も、これまでに剣闘で稼いだ莫大な財産のかなりの部分を賭けに出して、さいごの大もうけをたくらむに違いない。だから、今度の闘技会でガンダルにもし勝てたら、お前はガンダルをさえあっという間に追い抜いてクム一番の富豪にだってなれると思うぞ。もっとも、それには、わし――タイス伯爵とタリク大公だけは当然別として、という話でなくては困るがな。……だがともかく、お前は巨万の富を得ることが出来る。お前のかわりにわしがちゃんとお前の名でお前に賭けておいてやろうし、むろんお前が自分で賭けたってよい。わしはお前に莫大な元手を貸しつけてやろう――お前が勝ったら賭け金は山分け、という条件でだな。どうだ、素晴しい話だろう。お前は一生、タイス一番の人気剣闘士になり、巨大な邸をかまえ、たくさんの好みの妾をたくわえ、ただ年に数回、とてつもない賭け金をもたらす競技で戦えばいいだけの暮らしになるのだぞ。旅から旅への苦しい旅芸人の暮らしなど、比べ物にもなりはすまいが。おお、わが目の喜びよ、わが心の音楽よ、遅かったではないか」

このさいごのことばはむろん、入ってきたマリウスに向けられたものだった。

大闘技場の裏手に、貴賓室として、小さな建物がくっついており、そこがタイ・ソン伯爵が大闘技場にやってくるときの控え室なのだ、とタイ・ソン伯爵は説明した。控え室といってもそれはずいぶんと大きく、そして豪華なもので、何の不自由もなく、競技と競技のあいだの時間を過ごすためのすべての準備が調えられていた。

そして、その大きな立派な室のなかには、すでに豪勢な昼餉の用意がととのえられており、それは、とうていちょっとした昼食などとは云えないような、焼き肉や焼き魚や、何種類もの料理をそろえ、酒もたくさん揃えた贅を尽くした宴会そのものであった。

「閣下のお招きによりいそぎ参上いたしました」

室に入ってきたマリウスは、グインをみて、そっと目配せをしてみせた。マリウスの格好はかなりかわっていた。これまで身につけていた吟遊詩人のお仕着せを脱ぎ捨て、タイス伯爵に与えられたらしい、ずいぶんと豪華な絹のゆったりとした、ちょっとクムふうの衣裳を身にまとい、吟遊詩人の三角帽子もぬいで、ゆたかな巻き毛をきれいにとかしつけていた。ただ、かたわらに愛用するあのコングラス伯爵のキタラを決してはなさないのだけが、マリウスらしさをとどめていた。

「お前が一刻でもわしのかたわらにおらぬと淋しくてならぬ」

伯爵が目じりをさげて云った。そして、マリウスを手招きして、自分の席のとなりに座らせるよう、小姓に言いつけた。

「さあ、お座り、わしの小鳥ちゃん。そして、あとでまた歌っておくれ。野蛮な戦いがはじまる前や、戦いと戦いのあいだには、わしは小鳥ちゃんの歌でくつろぐことにしよう。それはわしにとっては無上のよろこび、天国だ。だがその前に、はちみつ酒をお飲み、天使様や。そして、わしにもお前のそのバラ色の唇から飲ませておくれ」

「かしこまりました、閣下」

平気な顔でマリウスはいった。グインの見ている前でも特におもはゆそうな顔ひとつせぬのは天晴れといってよかった。

「わしがおらぬあいだ、どうして朝を過ごしていたのだ？」

まさに、寵愛の絶頂、といったようすで、伯爵が聞いた。グインは小姓にすすめられた酒をことわって冷たい、香りのよい果実でよいかおりをつけた水を頼み、そして体力をつけてくれそうだが、お腹にもたれそうもないようなものを素早く選んで、焼き肉を何切れかと、クム米の煮たもの、それに丸焼きの魚と、いろいろなものをあえた得体の知れぬ野菜料理などをとった。マリウスはすました顔をして伯爵の頬にくちづけた。

「閣下がおいでにならず、淋しかったので、連れたちのもとに戻って子供の面倒をみておりました」

「その子供というのは本当にお前の子供なのか、わしの天使よ？」

「ぼくの子供ではございませんが、ぼくの子供のようなものです、伯爵さま。ぼくにとてもよくなついておりますので、あまりぼくのすがたが見えないと、泣きわめいて手間をかけさせますので」

思わず、グインはマリウスを見たが、マリウスは艶然と微笑んでいるだけで、まったく眉ひとすじ動かしてはいなかった。

「そうか、ならば今度奥のわしの居間のほうに一室与えるゆえ、子供の母親ともどもそちらにひき移らせてはどうだ？　そうしたら、そなたも安心だろう」

「それはそうなのですが、その、子供の母親と申しますのは、なかなかに不調法な女で、モンゴールの田舎者でミロク教徒で融通も気もきかず、とうていタイス伯爵のような尊いおかたのお座近くにおかせられるようなしろものではございませんので」

「ほう、そうなのか。どうしてまた、そのような田舎女と連れになったのだ」

「いろいろと語りつくせぬほどのふしぎな縁がございまして」

「そうか。これまでもいろいろとふしぎな話を語ってくれたものだが、まだまだほかにもお前には不思議な話がたくさんあるということなのだな。あの伝説の、一千の夜のあいだ語りつづけたという女のように、お前も、一千の夜のあいだわしを退屈させそうもない」

「たとえその一千が三千、四千、五千の夜となりましょうとも」

にこやかに笑ってマリウスが答えた。グインはいささか呆れながら、もっぱらひそやかに空腹を適度に満たすのに専念することにした。だが、次のマリウスのことばが、はっとグインの注意を惹きつけた。

「伯爵様、この男……モンゴールのグンドがたいそうお気に召したとうけたまわって、このマリウスもとても嬉しゅうございます。それでこそ、このタイスまで、心配してあとずさるこれらの一座のものたちを無理矢理に連れてきた甲斐もあったというものでございます」

「おお、気に入ったどころではないわ。このグンドこそ、わしにとっては今年の水神祭りの切り札だ。まだ午後の部の試合を見てからでなくては、本当にそこまでもろ手をあげて危険な賭けをおしすすめていいものかどうかまではわからぬが、もしそれでよしとなれば、まさにこの男こそが、長年のわしの課題であった、ルーアンのガンダルを打ち破る幻の勇者となって、タイスに栄光を、タイス伯爵に富と勝利と名誉とを、そして当人自身にも限りない栄光をもたらしてくれることだろうよ」

「それはそうでもございましょうが、当人も申しておりますとおり、この男は、このような茶番の豹頭で顔を隠しておりますからこそ、それなりに風格があっても見えはいたしますが、まことの顔に戻ればただのふうさいのあがらぬ田舎者の大男」

「そうなのか」

「それはもう、わたくしがすすめてこのような魔道をかけさせたのですから、よく存じております。もとのままの顔では、まあぱっとしないゆえ、どちらにせよ、大したことはできまいと思いまして、それで、このように思いきった手をうつようにわたくしがすすめたのでございますよ」

「おお、そうなのか。そなたは美しく情深く床上手なだけではなく、知恵者でもあるのだな、マリウス」

「これは、身にあまるお言葉を」

「それだけではなく、歌はカルラアの寵児だしキタラも天才だ。まことに、恵まれた存在だぞ、そなたは」

「そのようにおっしゃられてはどのような顔をしていていいものやら、赤くなってしまいますが……ともあれ、それで申し上げたかったのは……」

「おお、何なりというがいい」

「もしお差し支えなくば、この男、所詮はモンゴールの田舎者でございます。今日の試合でいろいろとおめがねにかなって水神祭りに出ることになりましたら、ちょっと、きのうお話いたしました、わたくしに離宮の一室をたまわるというお話に甘えまして、この男とそのモンゴール女の親子、それにほかのわたくしの連れ二名を、そちらにまとめてよろしければ、少しは美の都タイスにふさわしい、優雅な口のききかたや、闘技場でのふるまいかた、さまざまな常識をも、教えてやりとうございますが——いかがなものでございましょうか？」

「ふむ……」

「むろん、離宮というより、紅鶴城の一角でもよろしゅうございますが、ともかく、晴れの大闘技会に出すというからには、わたくしも、連れをもうちょっとは見映えのするようにふるまわせたく……いちど、お預けいただければ、なにしろわたくし、この者達の座長でございますゆえ、この者たちを売りに出すための責任もございますし……」

「なるほどな。まあ、わしはお前がわしの相手をしてくれるのに差し支えさえなければそれでよいが」

「おお、ご寛大なるおことば。——それでは、ぜひとも、わたくしめに何室かのお部屋をたまわりとうございます。そこにまとめて宿らせておければ、この田舎者たちもいたって安心いたしましょうし、わたくしもあれこれと教えてやれるというものでございますが」

「まことにそのほうは若いのに世慣れておる。旅から旅への暮らしが長いゆえ、そうなったのであろうがな。その上に、どこの宮廷に出しても恥ずかしゅうないほどにみやびな口も聞きおるし——まことに、面白いやつを見つけたものだ」

「そのように申されましては」

マリウスは——グインからみれば——妙なふうにからだをくねらせてみせた。

だが、それを妙なふうと見たのはグインだからであって、おそらくは恋におちているのであろうタイス伯爵の目には、それはこよない媚態とも、艶然たる誘惑的なようすとも見えるようであった。伯爵が目尻をさげてへなへなとなるのを、グインは呆れながら見守っていた。

「よい、よい、ならば、あとで小姓頭に云って、お前の望みの室をまとめて五、六室、紅鶴城のなかでおのれのものとして独占するがよい」

「お庭に出られる場所のあるところがよろしゅうございます。それも中庭では申し訳のうございますから、裏庭で。と申しますのも、この者達にもう少々は、みやびな剣闘士としてのふるまいを教えるほか、ガンダルと戦うというようなことになりますと、とても心配なので——多少は剣のほうも鍛えておいてもらわないとと思いますので……わたくしは剣は不調法でございますが、一応この者に擬闘を仕込んだのはわたくしですから、擬闘ならばわかります。それでいろいろと教えてやりたいこともないではなく……」

「おお、そうか。なかなかに座長というのは、一座の者思いなものなのだな。よかろう、好きにするがいい。どこを選び、どのような調度をおかせるかは、みな、お前の望みどおりにしてよいと小姓頭に命じておこう。——もしこやつがガンダルを負かしてくれれば、わしも、こやつも、こやつに賭けた者たちもいちやく大変な金持ちになれる。それゆえ、すべてにおいて、金に糸目をつけずともよいぞ――確かにそれに、装備にせよ、これだけの戦士なのだから、もうちょっとはよいものを用意してやりたいしな。よかろう。今日の試合がすんだら城に戻ろう。そこで、その話を進めるがよい。お前の好きなようにしてよいのだぞ。わしの――わしの大事な、天使の声の小鳥ちゃんや」

3

というようなわけで――

結局のところ、いざ戦闘のさなかだの、ノスフェラスやルードの森のまっただ中だというのなら知らず、もしかして、このような爛熟した文明の巷のまっただ中にあっては、マリウスの面倒を見たり、その運命を案じる、などというのは、まったくおこがましいかぎりのしわざだったのだろうか、とグインは考えはじめたのであった。

とはいえ、それもあくまでもマリウスがタイス伯爵にたくみにとりいって気にいられているあいだだけのことだ、ということは、忘れるわけにはゆかなかったが――しかし、どうやら、マリウスが、自分のおかれている立場をよく知っていて、それをありったけ利用してやろうと考えていることはもう明らかだったし、それだけ目はしのきくマリウスが、タイス伯爵の寵愛がとても気まぐれで恐しいものであるということを、想像もしていないとは、とても考えられなかったのである。もっともマリウスが充分にそれにそなえていたとしても、それが危険でなくなるというわけではなかった。

「さて、もう充分に飲み食いしたか？」

さんざん鯨飲馬食したあと、ようやくタイス伯爵が云ったのはもう午後もなかば近くなってからのことであった。

「これから少し食休みをとることにしよう。もっともあまり遅くならぬように、しばしのあいだだけな。それから、グンドは、今日は三つの試合をこの大闘技場で行うがいい。勝つにせよ負けるにせよ、それによってお前はこの大闘技場の闘士としての資格を得て、名前を登録されたことになる。本当は最低限、『一ヶ月のあいだに五つの試合』を行わなくてはその資格は得られないのだが、特に特例によってわしからの頼みで、今日に三つを詰めてもらってそれでよいということにしてもらった。そうでないと、水神祭りに間に合わぬからな。――そして、そのあとは、夜になるであろうから、紅鶴城に戻って、わしの天使ちゃんのいうとおりに一座のものみなとともに過ごす部屋選びなり、そちらへの引越しなりをするがよい。確かに考えてみれば、お前たちももう、いっとき旅芸人として滞在するわけではなく、このさきはわしの寵愛の者たちとして、タイスで末永く暮らすのだから――これには、思わずひそかにグインとマリウスは目と日を見交わした――もっとずっとちゃんと長いこと暮らせるだけの住まいが必要だったのだな。これはわしも心づかぬことであった。戻ったら、すぐにその手筈にかかることにしよう。では、少し休むがよい。わしの小鳥ちゃんはわしとともにきて、わしにキタラを弾いて天使の声をきかせてやすらがせてくれるがよい」

「かしこまりました」

いたっておとなしくマリウスは云った。

だが、グインがそれで、《食休み》をとってから闘技場に出場すべく、連れ去られようとしていたとき、うしろから、マリウスが追っかけてきた。

「ちょっと、伯爵様にお時間をいただいてきた」

息せき切って、マリウスは囁いた。そして、グインを闘技場の闘士たちの控え室のほうへとともなおうと待っていた騎士たちの小隊長に、すかさず小粒をつかませて、片目をつぶってみせると、ちょっとだけ近くの小部屋にグインを引っ張っていったのであった。

「やれやれ——やっと、ふたりだけで話をするすきを作ることが出来た」

あわただしく、グインの耳に口をよせるようにしてマリウスはささやいた。

「大きな声を出してはだめだよ、グイン。いうまでもないというか、わかってるかもしれないけれども、この町はね——タイスの町はなかなか難儀なところだ。ことに紅鶴城は大変だよ。いたるところに、秘密の伝声管がひそめられており、伯爵当人や、そうでなくても実にさまざまな人達が、自分以外の人間の秘密を盗み聞こうと耳をたえずそばだてている。たとえ自分たちだけしかいない部屋になっても、大声で喋っては絶対に駄目だよ。僕は伯爵のそばにとめおかれて、ずいぶん何回も、伯爵がだれそれの部屋ではいまどんなことがおきているかきいてみよう、などといって、いくつもある伝声管に耳をあてて興じているのを見たのだ。だから、この町にいるかぎりは、いつなんどきでも、どこにいても、どういう状況でも、盗み聞かれているかもしれない、という警戒をおこたらないことだ。くるわとか、寝室とか、まずありえなさそうな場所ほど、疑うことだよ」

「なかなか難儀なところだというのはまことにそのとおりだな」

グインは低い声で囁き返した。

「俺はまた、非常に困ったことになったものだと思い、どうやって、その水神祭りの大闘技会とやらに出場させられる前にうまくここを逃げ出す方法があるだろうかと考え悩んでいるところだった。もうひとつ、ちょっときいたことだが、伯爵は、おのれの気に入り、寵愛した小姓や色子を、その寵愛がさめたのちには決して生きてタイスを出すことはない、という話をきいたのでな。それをお前に忠告したくてしかたなかった」

「その話は、なんと、伯爵そのひとが、閨でぼくに話して聞かせたよ!」

マリウスはちょっとぶるっと身をふるわせた。

「伯爵はどうやらその話を、自分が閨の相手をさせる当の本人にしてきかせるのが、とても楽しみらしいんだ。それで、いまはお前をこんなにも寵愛してやっているが、自分が気に入らなくなったらいつなんどきでもお前をひどい拷問にかけて、なぶり殺すつもりだぞ、ということを知らせるのが、伯爵のいつものやりかたなんだな。――そうして、そのあいてが、あまりにふるえあがって正気をなくしてしまうと、たちまち相手に興味をなくして、すぐにあの堀割の中の化物ワニの餌にしてしまったり、水牢に落としてしまったり、あるいは例の悪名高き《真夜中の見せ物小屋》に獲物として供出してしまうらしい。あの《真夜中の見せ物小屋》というのは、こんどあったらぼくも連れていってくれるといっていたよ――『お前はたいへん度胸がある。お前ならば、それをみてもあまりうろたえたみっともない騒ぎをして、さらに生贄を増やすようなことはすまいな』っていっていたものだ。――それは、伯爵が主催することもあるし、そうでなく、タイスの頽廃貴族たち、ときには廓の大見世のあるじが主催することもあるらしいんだけれど。――いずれにせよ、あんまりそれに出たいとは思わないけど、どうしても出させられるんだったら、まだしも、その主賓として闘技場にあげられるよりは、観客席で見ていたほうがいいな。いろいろと恐しい話をきいたよ……でもね」

「ウム……」

「何をきいてもぼくがへらへらとしていたので、伯爵はしだいにぼくに気を許してくれた。お前は一見、そんなにしっこしがありそうもないようにしか見えないが、なかなかどうしてたいした胆っ玉のすわりようだ、といってとても気に入ってくれている。だからいまのところはぼくが彼の御寵愛を失う心配はない……でも、もし何かのはずみに失言したり、御寵愛を失ってしまったら、それまでにいろいろ口にしている分、ぼくに対する仕打ちはひどいものになるだろう。——もちろん、そんなへまをしでかすつもりはないけどね！　なかなか、それはそれで面白いよ、とてもスリルがあってさ！」

「あまりそれに溺れぬことだぞ、マリウス。それにお前はいいにしても、フロリーとスーティが……それに万一、お前の素性が知られたらな……」

「もちろんわかってる。だからああして、ぼくたちがまた一堂に集まることができるような術策を弄したんだよ。とてものことに、それ以外では、ばらばらにされてしまったら、もうこのタイスのどこにいて、何をしているかさえ、奴隷にされたぼくたちにはわかりようがないもの。——ねえ、グイン、もうあんまり時間がないから、あとはとにかく今夜なんとかして時間をとれるようにして話すけれども、ぼくたちはいまやタイスの奴隷なんだよ。ぼくは寝室の奴隷だし、グインやリギアたちは闘技場の奴隷。どちらにしてもタイスには二つしか階層がないんだ。つまり、奴隷と、そうでない連中と。でもって、生まれつきはえぬきのタイスの市民か、よほど手柄をたててタイスの市民権を獲得したもの以外のものは、外交官とかの例外をのぞいて、すべてタイスの市民たちは『自分たちより一格下の奴隷』だとみなしているんだよ。恐しいことに」

「ウーム……」

「そのことは忘れないでね。絶対に、何をいわれてもさからったり、腹をたてたりしてはだめだよ。もしリギアやスイランに会えたらそれも伝えておいてほしいんだけど。とにかくぼくたちはタイスの市民のさまざまな種類の快楽に奉仕する奴隷でしかないんだ。……一刻も早くここからうまく脱出しなくてはならないのはぼくもまったく同じに考えるけれど、でもその方法についてはよほどうまく考えなくてはと思う。だって、ぼくたちは奴隷なのだから——だからぼくたちの命など、伯爵だけでなく、タイスのものたちは、それこそ羽毛よりも軽いとしか思っていないんだ。ちょっとでも気に食わぬふるまいをみせたら、おそらくあっさりと一瞬で片付けられてしまう。たとえグインがどんなにすごい戦士だとしても、この町だけは特別だ——ことに紅鶴城は危険だ。ぼくは目の前で、伯爵にうっかりと手をすべらして熱いソースをはねかえしてしまった小姓が、言い訳をするひまも、わびるいとまもあたえられずに、一瞬にして、落としぶたの上に立たされ、伯爵がひもをひいたとたんに、足元の板が割れて水牢に絶叫しながら落とされてゆくのをみた。恐しいことだ——この都は、本当に心の底から頽廃しきっているんだ。この都はまったくほかのどんな国とも都市とも、それをいうならルーアンともさえまったく違う。いつもそのことを考えにいれて行動しないとだめだ。そのかわり……」

「ああ」

「そのかわりにまた、この都には世にもふしぎな仁義や慣習もともなっている。ほかでなら絶対にありえないようなこともいろいろおこる。この都の人びとは、快楽のためというだけでなく、いくつもふしぎな考え方や常識をもっていて、それは全然、パロのぼくたちやましてケイロニアの人々、ミロク教徒なんかが考えるのとはかけはなれているんだ。——そこには案外、貞節もないかわりに忠義もない。うまくそこを利用すればなんとかなるかもしれない……だが、まずは、きょうの試合を勝ち残ることだ。今回は、伯爵はおそろしくグインに期待をかけているから、もういまの段階では、おそらくグインはうまく負けてみせて、弱いと思って見放して貰おうと考えてるかもしれないけど、それはやめたほうがいいよ。——もう、本当に、伯爵は子供みたいにグインに夢中なんだ。すごい新しいおもちゃをもらった気持になっている。だから、もしもグインが一回でも負けたり、弱いところをみせるとかっとなって、なおのこと、もっと強い相手に勝てるところを見ようとしてけしかけたりしかしてこないと思う。とにかく、グイン本人だとばれるかもしれない、というおそれはこのさい捨てて、思いきり強いところを見せてしまったほうがいいよ。——そうしたところで、またタイスのひとびとは、これまたいっぷうかわった気質だということがぼくにはわかってきた。かれらは、もし本当にグインがケイロニア王グインその人でもきっとあまり気にしないよ。むしろ、伝説のケイロニア王グインが闘技場にたって戦っているといったら、すごく人気沸騰するだけのことにちがいない。だけどそのあとで外交官たちの耳にも入ることを考えたら、そうするわけにはゆかない――だけど、いまのところは、そこまで考えなくて平気だよ、グイン。水神祭りの前までになんとかして逃亡する方法を考えよう。いまは、まだ、伯爵に気にいられておくことだ。なるべく気にいられることが、なるべくたくさんの自由を――行動の自由を獲得することになる。そう思ってぼくもせっせと伯爵にとりいっているので、グインも、なるべく格好よく勝って、伯爵に気にいられたほうがいい。そうしたら、伯爵はグインに、自由に歩き回ることだって許してくれるし、金もくれる。フロリーたちとも会わせてくれるよ。なんとかして、とにかく、いまは伯爵をゆだんさせることだ。これだけを云いたかったので、無理して時間を作ってきた。もうこれ以上は時間がない。あまり時間をかけるとせっかくのその気にいられたのもあやしくなってしまう。伯爵ときたら本当に我儘な子供がそのまま大人になったようなものなんだからな。――じゃあ、グイン。ぼくのいったことを決して忘れないで。どの部屋にも盗聴用の管がある、ということと、それから、とにかくいまは伯爵に気にいられたほうがいい、ということね。それだけは忘れないで――もしうまく会えたら今夜ね」

「わかった」

グインは手短かに答えた。マリウスはまた片目をつぶってみせると、すばやく小部屋から飛びだしていった。

それを見送ってグインが悠然と小部屋から出てゆくと、騎士たちが急いでグインを案内していった。小隊長は、グインとマリウスの仲について、ちょっとなにやらあやしげなからかいをもらしたが、それきりで、かれらはなるべく早くにグインを連れてゆくように命じられていたのだろう。途中からまた、回廊にはいり、長々と歩いていって、階段をあがり、さがり、またのぼって、結局最前の紅鶴城の闘技場と同じようだが、もっとずっと設備のととのった、大きな控え室と、武器室と、そして闘士たちの休息室のある一角へとグインを連れていったのだった。

だが、明らかに、グインの扱いは、最初にくらべて、この午前のいくつかのたたかいだけでぐんとよくなっていた。最初から、グインは、皆と一緒のではなく、個人用に、それもかなり立派なじゅうたんのしきつめられた控え室へと案内された。それは、城のそれのように、そのまますぐ闘技場へ出る扉がついているものではなく、そこでからだをやすめる寝台や食事のできるテーブルと椅子もある、じゅうたんをしきつめた窓のないきれいな個室に、もうひとつ、闘技場へすぐに出られる何もかざりのない、木の椅子が壁際につけてあるだけの小部屋がくっついている部屋であった。

そこでまず、武器室で武器や防具を選ぶ必要があれば選び、そののち個室に入って呼びにくるのを待っているようにいわれ、あまつさえ「飲み物食べ物は呼び鈴をならせば専属の小姓がやってきてなんでも好みのものを調える」し、からだをほぐすマッサージだの、気になる個所の手当をしてくれる医師だのもすぐに呼べる、と教えられて、グインはまた個室で待たされた。もう腹も一杯だったし、武器もべつだんさきほどの大剣で充分だったので、グインは何も呼び鈴を鳴らすこともなく、じっと個室の椅子にかけて、いろいろなことを考えていた。

マリウスが、グインから忠告しなくてはならぬどころか、むしろグインに警告してくれるくらいに、いつのまにか、タイスにも、タイス伯爵にも事情通になっていたことは、グインを苦笑させたと同時にかなり安心させた。そういうことであってみれば、ことマリウスに関するかぎりは、グインがじたばた、やきもきとするまでもなく、放っておいてもよさそうだと思えたのだ。

だが、その分、逆に、マリウスのもたらしたくわしい情報のおかげで、タイスのろくでもない内幕——それのはらんでいる危険や、頽廃や、そしてそこから脱出することの困難についての認識はさらにあがっていた。それはまたあらたな心配の種でもあったが、グインはしかし、ともかくも、いまはそのようなことを考えていてもしかたないだろうと決めた。

(いまは、まだ、伯爵に気にいられておくことだ。なるべく気にいられることが、なるべくたくさんの自由を——行動の自由を獲得することになる。そう思ってぼくもせっせと伯爵にとりいっているので、グインも、なるべく格好よく勝って、伯爵に気にいられたほうがいい)

マリウスのことばが、耳のなかに鳴っている。それはむろん、グインにとっては、いま敗れるふりをするよりははるかに簡単なことでもあったが、いっぽう、グインにはグインなりの心配もあった。

リギアとスイランの身の上も心配だが、それにも増して案じられるのはスーティとフロリーのことだ。それと同時に、

（もしも——かつてどこかの戦場で、俺と剣をまじえたことのある相手にぶつかることになったら……）

その思いが、グインのなかにはつねにわだかまっている。マリウスは、タイスのものたちは独特な倫理観念を持っているから、よしんばグインがほんものの、本当のケイロニアの豹頭王だとわかっても、あまり気にもとめぬばかりか、かえって喜ぶだろう、というが、グインにしてみればそういうわけにはゆかぬ。もしも本当の豹頭王がタイスの、こともあろうに賭け闘技の闘技場にたっている、という評判が本国ケイロニアに届いたら、それはケイロニアの面目をつぶすことになるかもしれぬし、またケイロニアとクムの国際問題になるかもしれぬ。また、さらに、それが「ケイロニアの陰謀だ」などとクムの上層部に思われるようなことになったら、それもまた、ケイロニアにとっては末代までの恥辱になってしまうかもしれぬ。

（まだ、そこまで……考えておくことはないのかもしれんが……）

しかし、そのような可能性についてまでも考えずにいられない、というのは、もしかして、記憶を失っているとはいいながら、すでにグインは、心のなかのどこかでは、「ケイロニアの豹頭王」であるおのれを、受け入れ、誇りにさえ思っているのかもしれなかった。

いまのグインにとっては、ケイロニアは《未だ見ぬ国》である。

だが、マリウスのことばや、ほかのものたちのことばのはしばしからも、それがいかにいま現在、世界一の大国であるか、ということも、そしてそれが名君アキレウス大帝によっておさめられる、平和で、しかも人心もおさまった、立派な尚武の国であるか、ということも想像がつく。タイスのこの頽廃を決してグインは頭からそれほど嫌っているわけでもなかったが、おのれの心のなかにある理想の国家というものはやはり、このようではなかった。

(不思議なことだな。——記憶を失ったのではない、混乱しているだけだとイェライシャであったかが話してくれたが、まさにそのとおりであるのかもしれぬ。——記憶を失ってしまっているのなら、ケイロニアがどうあろうと、クムがどうあろうと、こちらの受ける印象はかわりはないはずだが、そうではなく、なにやら……ケイロニアには明らかに、《母なる国》という、《俺の王国》という意識があるようだ。——それゆえに、ケイロニアのことが、いまからもう気になる……)

ケイロニアの王としてふさわしいふるまい、というようなことを、無意識のうちに、おのれが考えていることに気づいて、苦笑することもあったのだ。すでに、自分の意識は、自分が《ケイロニアの豹頭王》である、ということをはっきりと知っているように思われてならぬ。

(とにかく、何があろうと……これがケイロニアの豹頭王かと、露見したときにも恥ずかしからぬふるまいをするように心がけることだ……)

たたかいにわざと敗れるにせよ、あまりにみっともない負け方はしたくない、と思うのも、そのような思いのゆえであったのかもしれなかった。

「モンゴールのグンド!」

おもてから、ドアが叩かれた。闘技場側の小部屋に面したドアである。闘技場から、外から小部屋に入ってきて、そこにグインがおらぬのをみて、中に入ってきてドアをたたいたようであった。

「あ」

グインが急いで立ち上がり、ドアをあけると、この闘技場独特のお仕着せらしい、ちょっと古代ふうの茶色と黄色のクムの衣服を身につけた係の者が立っていた。

「モンゴールのグンド、控え室に入れ。ほどなく第一試合がはじまる」

「わかった」

係はひとことだけいって、誰と対戦するとも告げずに出てゆく。やはりここでも、誰と対戦するのかは、闘技場に出てゆかないと教えてもらえぬらしい。

（また、戦いがはじまるのか……）

べつだん、剣をとって戦うことは、まったくといっていいほど、苦にならぬ。

これが本当の戦場であってもあまり苦にならぬことは、ルードの森で怪物たちや、イシュトヴァーンの軍勢と戦ったときの経験からもよくわかっていた。まず、どんなときにもおのれがほとんどの人間の生身の戦士にひけをとるとは、グインは考えたこともない。

むしろ、それこそタイス伯爵にいったことばとはうらはらに、グインは本当は自分が「戦いが決して嫌いではない」ことを感じていた。ことに、ドーカス・ドルエンのようなすぐれた剣士と剣をまじえることは、グインにとっては、一種の非常に深い段階での魂の交感にもひとしかった。それによってだけ知り合えることがらもある、と感じるのだ。

だが、それだけに、逆に、つまらぬ戦士とつまらぬ戦いをすることは、グインにとっては「時間の無駄」でしかない。

本当の戦場に立っていれば、「戦うにたらぬ相手」と感じたときには、そのまますたこらさっさと逃げてしまいもするだろうし、一刀のもとに切り倒してかえりみもせぬ、しなくてはならぬ。


といういこともあるだろう。だが、ここではそうはゆかぬ。きちんと試合の規則を守って戦い、そして四方八方から見られている以上、それで恥ずかしくないような戦いかたをしなくてはならぬ。

(俺は……本当は、けっこう、戦いが好きらしい……気を付けないとな。それに溺れてしまうようなことがあってはならぬ……)

　確かに、クムにやってきて、おめおめとタイスにはまりこんでにっちもさっちもゆかなくなってしまう流れは、不可避のものでもあったと同時に、ほんのちょっとだけ、グイン自身のなかに、(それほど不世出の剣士だという、ガンダルと戦ってみたい……)という気持が、なくはなかった、というのも本当のところだ。

　もっとも、その気持は、ガンダルについて聞かされた、ドーカスのことばによって、かなりすでに割り引かれていたのだったが――

「モンゴールのグンド！」

　また、ふたたび、大声が呼んだ。こんどは闘技場の外からだった。

「おう」

　グインは答えた。ドアがこんどは外からあけられた。このドアも、外からしかあけられぬようになっているらしい。

「出よ！　グンドの本日第一試合が開始される」

告げられて、グインは、結局まったく紅鶴城のふたつの闘技場で使ったのと同じ剣をさげたまま、ゆっくりとその扉をくぐって、タイス市の誇るという大闘技場の大地の上に出た。

またしても、さっと明るい日の光が上から落ちてきた——かなり、午後のけだるさをはらんではいたが、まだ充分に明るかった。ここもまた、闘技場そのものは野天であった。

同時に、いきなり、とてつもなく広い場所に出た、というめまいがグインをとらえた。それと同時にまた、恐しくたくさんの人間たちのどよめきが、グインの耳を襲ってきた。

4

（あ……）

瞬間、ずっと薄暗い控え室から、突然に明るいところに出て、グインはまた目をとじた。

少しづつ明るさに目をならしながら開いてゆく。目のまえにひろがっているのは、およそさしわたし、ゆうに二百タッドはあろうかという、さきほどの地下闘技場はむろんのこと、最初に出させられた紅鶴城の闘技場も比べ物にはならぬほどの広さをもつ、巨大な円形の闘技場であった。

同じようにすり鉢型にはなっていたが、その観客席の広さも、紅鶴城のそれとは比べ物にならぬ。およそその席は三十列以上もあっただろうと思われ、ぐるりと円形のその闘技場をすり鉢の底にして取り囲んでいる観客席は上にゆくにしたがって広くなっていたから、あいだの通路やあちこちにもうけられている貴賓席らしい特別の桟敷を別にしても、おそらくは全部で入る客の数は一万は下らなかっただろう。一番うしろに、立ち見などまでも入れたとしたら、それこそ二万、いや三万以上の人間が入れたかもしれぬ。もっとも、まんなかより上の席からは、たとえ貴賓席からであっても闘技場のまんなかで戦うものたちは、それこそチーチー虫二匹の争いのように小さくしか見えなかっただろうが。

闘技場のすり鉢の底の部分はしかし、まんなかが、四角い台形にかなり高くなっており、一応皆からよく見えるように、どの席からもなるべくよく見えるようにと考えては作ってあるようであった。そこにのぼってゆくにはゆるやかな階段が四方からもうけられており、そしてグインの出たところの正面に、審判席らしいものが張り出してもうけられ、その両側にも大きな、貴賓席や特別席であることが一見してわかる日除け天井つきの大きな桟敷がいくつもついたバルコニーがあった。

観客席はいまは超満員とはいかなかった。おそらくは、このタイスでは、毎日毎日、この闘技場を使ってさまざまな競技、闘技、剣闘がおこなわれているのだろう。だが、そのいずれもが超満員の客を呼ぶほどまでに注意をひきつけ、興味をそそる、とはゆかぬのだろうと思われた。

いまは、観客席を埋めているのは、一番下の、闘技場に一番近い席を中心にせいぜい、ざっと数えて二千人というところであった。半分まではいっていなかったに違いない。それも、下の席から順にぎっしりとつめて、上がすべてあいている、というような詰まりかたではなく、ところどころに好き勝手に腰かけているようなあんばいに客はちらばっていた。一番たくさん集中しているのは審判席の真後ろ周辺で、次に貴賓席や特別席の周囲であった。明らかに、客たちは、むろん試合の成り行きそのものにも関心はあったのだろうが、それにもまして、審判のゆくえや、貴賓席にすわるものたちの動向にも非常に関心をよせていたようだったのだ。

建物全体が、古代キタイを思わせる、かなり仰々しい色をつけた赤や緑や青の装飾で彩られていたので、それもあって、闘技場の真っ白な砂がいっそ目にしみるような対比をなしていた。観客席の観客たちも、男性女性をとわず、かなり派手めの格好をしているようすであった。もっともそれはクムでは何の不思議もないことであったが。

すでに貴賓席はどこも埋まっていた。一番大きな貴賓席のまんなかに、ことににぎやかな一団があった。グインのするどい目は相当遠くまでも見られたので、どうやらそれがタイス伯爵とそのお取り巻き一行の場所だ、と見分けた。ということは、そのなかにマリウスも当然いるはずであったが、さすがに、あまりに広かったので、ひとりひとりの顔までも見分けるところまでは、グインの視力をもってしても無理であった。グインはただ、その一画の妙なただごとならぬ仰々しさと、その一画の一団に対する、周囲の客たちのなんとなくうやうやしいようすとでそれを見分けたのにすぎなかったのだ。それに何をいうにもとてつもない広さであった。

たいていの客たちが、目に何か筒状のものをあてがっているのは、とおめがねであるに違いなかった。しかしとおめがねを使ったにしても、これだけの広さの競技場では、それほど、試合のこまかなところまでは見てとれなかっただろう。それをとっさに見てとって、グインはいくぶん安心した。それにこれだけ広ければ、遠くから見ている観客たちには、グインの豹頭のこまかなところもまた見分けようもなく、その目にはおそらく、グインが豹頭の仮面をかぶっているとも、それともほんものの豹頭であるとも、その詳細はまったく見てとることはできないに違いない。

グインがそう考えていたとき、拡声器でうんと大きくされたらしいふれ係の美声が叫んだ。同時にちょうどグインと向かい合っている、遠い西の入口の扉があいた。

「西の方、昨年度水神祭り闘技会大平剣の部二位、タルーアンのガドス！」

（タルーアンか……）

グインは気持をひきしめた。すでに、タルーアン族が中原の各国の民族とは比較にならぬほど大きな体格と、そしてすぐれた戦闘能力を持っている、ということはよく知っていたのだ。

そのなかでも、わざわざはるかな北方のタルーアンから、ふるさとをすててまで、このタイスまできて剣闘士になろう、というからにはよくよく腕にも自信のある男に違いない。ケイロニアでは剣闘士という職業がないのか、どのように扱われているのか、ケイロニアは尚武の国だ、ということはマリウスも再々云っていたが、タイスのように多額の賭け金を賭けて日常的に剣闘が行われているようなことはないのか、そのへんは、ケイロニア王を名乗ってはいても、いまのグインにはわからぬことだった。

そのへんについてもっとマリウスに聞いておけばよかった、と思うが、もう遅い。だがいずれにもせよ、あらわれた男がタルーアン人で、したがってタルーアンをあとにこのタイスに移ってきた男であることは確実だった。

（確か、昨年の水神祭り闘技会では、ガンダルと戦って敗れたサバスという、やはりタルーアンの剣闘士が、タイス伯爵の怒りをかい、毒杯を与えられてその場で殺された、ということだったが……）

順当にゆけば、優勝者であるガンダルと決勝戦を戦って敗れたというそのサバスが二位であるべきはずで、ということは、サバスがそうして毒をもられて命をおとしたゆえに、三位だったこの男が、二位に繰り上がった、ということとなのだろうか。

だが、おそろしく大きな男であることは、遠くからでもすでによくわかった。その男は、グインと同じほど、とまではいえぬにせよ、それほど見劣りせぬほどには体格に恵まれているようだった。のしのしと、はるかな西の扉から、まっすぐに闘技場の中心をめざして歩いてくるすがたが、まんなかの盛り上がったところを避けて、敵のすがたが見えるようにちょっと移動していたグインにはよく見えた。

（ふむぅ——これはでかい……）

グインは内心感心しながら、剣を腰にさげたまま、ゆっくりと歩き出した。まわりの観客席からは、二闘士が激突する瞬間が早くも待ちきれないかのように、さかんな野次や歓声がとんでいる。人数のわりに、いたってにぎにぎしい。人数は少ないが、そのかわりに、こうしてひまな平日のひるさがりにもかかさず剣闘技を見に来て賭けているような、いわば病膏肓に入った連中ばかりなのだろう。

（俺にももう、多額の賞金だか賭け金が賭けられている、ということか……）

モンゴールのグンド、という名前では、まったく知られていないだけに、大穴になっているのだろうか。

それとも、すでに、紅鶴城の闘技場でのたたかいぶりが情報がもらされて、とてつもない闘士があらわれた、というような評判にでもなっているのだろうか。白い砂をしきつめて踏み固められた闘技場はなんだかおそろしく広く感じられた。

グインは大股に歩いて、闘技場のまんなかの、いくぶん高くなっている四角い丘にあがってゆくゆるやかな階段に足をかけた。

（おや）

この階段はそれまでの地面にくらべていくぶん足元がゆるいな——とグインはとっさに頭にきざみこんだ。もっと堅い、砂というより石で作られた階段のようになっているかと思っていたが、案外にやわらかい。ころがり落ちたときに怪我せぬように、という ことなのかもしれないが、逆に、強く踏みしめるとすべったり、くずれたりすることがありそうだ。それを心にとめておかなくてはならぬ、と考えながら、グインはゆるゆると階段を上がった。

相手もようやく闘技場の真ん中にたどりつき、足を階段にかけてのぼりはじめたことはわかっていた。しだいに、相手の巨大なすがたが大きく目のまえに見えてきた。いまとなってはもう、相手とのあいだの距離は五十タッドもない。

そのくらいの距離になって見ると、タルーアンのガドス、と名乗るその相手が、ずいぶん大きいとはいえ、グインにくらべれば、頭半分くらい小さいこともわかった。あらためて、おのれはずいぶんとけたはずれに大男なのだな、という思いがグインの胸をかすめた。

いかにもタルーアン人らしく、もえたつような赤毛が、午後のタイスの空のもとに映えている。そして氷のように冷たそうな青い目をしていた。あごにももしゃもしゃと赤いひげが密生し、革の剣帯をしただけの上体にも、もしゃもしゃと赤い胸毛が生えているのがいかにも凶悪そう、というか、人間というより動物のほうにかなり近いのではないか、という気を起こさせる。あごが張ってせりだしており、両眉のあいだがひどく迫り、そして眉もせりだしていて、眉毛ももしゃもしゃと赤いので、なんとなく妙に巨大な類人猿を思わせた。

からだつきも、異様なまでに人間離れしていた。もしかしたら多少異常があるのかもしれない。手がおそろしく長く、その分膂力はかなりありそうだった。肩が異様に発達していて、腰から上のほうが、腰から下よりも相当長い。その上に肩幅は、さしものグインの巨体よりもさえ張り出しているくらい広い。だが、腰から下は、腰の高い、脚のきわめて長いグインの体格よりはかなり劣っていた。それにかなりがにまただ。巨大な上体を短めの足で支えるためには、そのようにして少し脚をひろげて立っていないとならぬのだろうか、と思わせるくらいだ。膝もかなりまがっていた。そのせいで、いっそう、森林地帯に住むときく巨大な灰色猿を思わせる。もっともタルーアンの蛮族は、人間よりもそちらに近い、とずっと誹謗されつづけているのだ。この男の、愚鈍そうな顔にも、なんとなく、その誹謗を受け続ける民の悲哀のようなものが浮かんでいなくもなかった。

だが、それにしても愚鈍そうな男だ――と、グインはひそかにげんなりしながら考えていた。最前に戦ったドーカス・ドルエンに比べて、知性のきらめきは微塵も感じられない。その上に、残忍さや意地悪さ、ぬけめのなさや狡猾さ、といった、グインのかなり好かない特性のみが、顔全体にあらわれているようで、最初からグインはこの巨大な猿男を好かなかった。めったにそのように第一印象でひとを切ることなどないグインにしてみれば、珍しいほどに明確な、嫌悪感とさえいってもいいくらいの印象だった。ガドスは汚い黄色っぽい歯をむき出していた。相当に気が逸っているようだ。

「ハア！」

階段の上の四角いリングにあがりきるなり、ガドスは激しく、唾を飛ばさんばかりにしてグインを挑発にかかった。

「ハア！　かかって来い！　豹あたまの化物め！　ケイロニアの豹頭王の真似なんぞしおって、馬鹿な奴だ、馬鹿な奴だ！　そんなもの、おっかなかねえだぞ。ほんものじゃねえんだからな。お、お前はただのばかな真似っこの旅芸人なんだ。つまらんことをしたことを、あとで後悔するがええ。さあ、かかって来い、かかって来い！」

「……………」

野卑に唾を飛ばして挑発されて、グインはゆっくりと腰の剣に手を持っていったが、まだ抜かなかった。じっと、相手の力量を見定めようと鋭い目を相手全体に注ぎながら、ゆっくりと、四角い小山の上をまわりこむようにして動いている。

「怖いのか。豹あたまめ」

ガドスがさらに罵った。

「ケイロニアの豹頭王といやあ、世界一の英雄だ。それをそんな、こざかしい魔道をつかってまねるからには、覚悟があるんだろうとも！　さあ、その覚悟のほどを見せたがいい。かかってこい、かかってくるんだ！」

相手が、はやりたち、たけりたっているのがわかるほどに、グインは、冷静になった。じっと目を細めて、じりじりと間合いをはかりながら、ガドスのようすを観察する。

「……………」

（確かに、弱くはない）

それが、グインの最初の結論だった。

（だが、おそろしく強いというわけでもない。——しかし、この膂力があれば、おそらく普通一般の体格をした男あいてには、相当に強力だろう。——その上に、どうやらこの男は、下半身と上半身の筋力が相当均等を欠いている。——もし、あの腕につかまえられてしまうとかなり具合が悪そうだ……そのくらいの力のありそうな腕と肩をしている。だが、その分、脚は弱そうだ……いや、むろん、弱いということもなかろうが、それほど敏捷というわけではない。よし）

心が決まった。

グインは、軽快にしだいに脚を小刻みに動かして位置をかえながら、剣を一気に抜きはなった。

ずっとじりじりして、衝突を待っていたらしい観客席から、おおーっという大きなどよめきがあがった。ガドスがさっと大剣を引き抜いた。グインよりも、さらに三タルスくらいも横に広い、むやみと幅の広い、長さもきわめて長い大剣を持っている。じっさい、その剣の長さは一・四タール近くもあった。グインの手にしている剣が、せいぜい一タール十から二十くらいのものだ。これほどに巨大な剣となると、この男くらい膂力がなければまともには扱えないだろうし、また、ぶんぶんとふりまわされれば、それがまともにあたれば普通の人間なら骨も砕け、いっぺんで背骨さえへし折れてしまうだろう。

(だが——俺に云わせれば、でかい剣ならいいというものではない——でかい剣の持ちすぎだ。というか、この剣は、たとえどんな膂力の主にであっても、重すぎる。ふりまわせはするだろうが、だからといって使いこなせるわけではない——むしろ、この剣でこけおどかしをして、相手をひかせようとする役割にたてているように、俺には思える。——その証拠に、ふりあげる動きがもうひとつ軽快でない。……ここまで重たい剣となると、たとえ最初は自在に扱えても、そのうち腕が疲れてくるだろう)

(いや、だが油断は禁物だ。これだけの膂力をしているのだし、こういう職業にあわせて鍛えているのだからな。もしかして、これだけの剣を楽々とふりまわし、普通の平剣のように扱える、というのがこの男の売りなのかもしれぬからな。まずは……様子見だ)

グインはとっさに、じりじりと間合いをとりながらそれだけを考え決めると、あとは

ねたか。


もう迷わなかった。

「グンド！　グンド！」

早くも、観客たちのなかには、《モンゴールのグンド》という名を覚え、そして贔屓にしはじめたものがいると見える。あるいは、午前中に紅鶴城の小闘技場でグインの戦いぶりを見たものなのかもしれない。それとも、この豹頭に、伝説のケイロニア王を重ねたか。

声援がとぶのをきいて、ガドスの醜い顔が険しくなった。

「たいそうな人気だな、新入り」

ガドスが、巨大な剣を右ななめ下にかまえながら吐き捨てた。同時に、云うだけではなく本当に唾を乱杭歯のあいだからしゅっと地面に飛ばした。

「生意気な。まだこれがはじめての正式の試合のくせにな。お前は気に食わん。いまはじめてまみえただけだが、なんだか何から何まで、きさまは気に食わん。ぶっ飛ばしてやる——俺がこの剣で叩きふせれば、初の正式の試合をみじめな結果におわって、いっぺんにお前の名を呼ぶものなどなくなって、嘲笑と罵声だけがお前にあびせられるだろう。さあ、かかってこい。お前のほうからくるんだ」

「四の五のとうるさいやつだ」

グインがはじめて口をきいた。

たちまち、タルーアンのガドスはかっとその巨大な顔面を朱に染めた。

「な、なんだと」

「よく吠える奴だ。でかい図体をしているくせに、よくまあキャンキャンと小犬のように吠えることだ。吠える奴ほど弱いというのはもう定説のあるところだぞ」

「なんだと、きさま」

ガドスの顔がゆであげたエビ《ビスクス》のように真っ赤になった。

「もう一度ほざいてみろ。この命知らずが」

「何度でも云ってやろう。最初からかかってこい、かかってこいと云うばかりでいっこうにそちらからかかってこようとせぬのは、この豹頭が怖いんではないのか？　だから、そうやって脅しをかけてこちらをひるませようとしているんだろう。なさけないやつだ」

「何だと。よくもほざきやがったな」

タルーアンのガドスが吠えた。

「この、昨年度準優勝のガドスさまをよくも……無名の新入りのくせしやがって」

「その準優勝はサバスが殺されたゆえの繰り上がりだったんじゃないのか？」

云ったとたんに、グインはずぼしだったことを知った。ガドスの顔が真っ赤を通り越して、いまにも脳の血管が切れる発作でもおこしてしまいそうにどす黒く染まった。

「貴様。絶対に許せん」

ガドスが咆哮した。

「何があろうときさまは生かしておかぬ。試合の決めがどうかなど知るものか。きさまのその豹頭を白砂の上にたたき落としてやるから覚悟するがいい。おのれ、この化物め！」

叫ぶと同時に——

ガドスが突進してきた。

確かにすさまじい威力をはらんだ突進であった。低くかまえた例の大剣を下からすくいあげるようにして、頭の上にふりかぶり、そしてグインめがけて突進しながらふりおろしてくる。グインは落ち着いていた。もう、ガドスの速度が、自分の見切れないものではない、ということは一瞬でわかっていたのだ。

ガドスを充分にひきつけておいて、観客席から悲鳴がおこりかけたところで、ひらりと右によける。ガドスはふりおろした剣がガッと地面に食い込む寸前にかろうじて態勢を立て直した。怒りのあまり口から泡を吹き飛ばしながら、罵りながらまた殺到する。グインは剣を片手に持ったまま構えもせず、ひょい、ひょいと身軽にその攻撃をよけた。こんどは、荒々しく右から斬りかかってくるガドスの大剣を、そのまま左へとんでよける。そしてようやく剣をあげて、切り返そうとしていたガドスの剣をそちらの方向へ払うと、ガドスがよろめいた。

観客がどよめく。だがグインはまだそう簡単にけりをつけるつもりはなかった。

そのまま飛び込んでのどもとに刀をかざすことは簡単だったが、そうするかわりに、グインはひらりと飛び退いた。遠目からは、グインが追いすがるのを諦めたのではなく、そこまでは入り込めなかった、と見えただろう。

そのまま、だが烈火の如く怒ったガドスが、ぶんぶんと大剣をふりまわしながら突進してくるのを、二度、三度、グインはかろやかにステップしてよけた。じっさいにはグインのほうが長身であったし、本当の重さでいったらおっつかっつであったかもしれぬにもかかわらず、そうしてみると、ガドスの上体が異常なまでに発達しているために、いやが上にもガドスは鈍重にみえ、きわめてバランスのとれた腰高の体格をしているグインは、腰が細い——というよりはとても発達した肩と胸筋に比べてぐっと引き締まって細くなっているために、ごく腰が細いようにさえ見える。肩幅はともかくほっそりとさえ遠目には見えるに違いない。その長いしなやかな脚で、グインはひょいひょいとガドスを嘲弄するように剣の上を飛び越え、ひょいと受け流し、一見は、まともにガドスのその大剣を受け止めたら危険だから疲れさせるのを待って逃げ回っている、と見えるかのように器用に身をかわし続けた。しだいにガドスの息が荒くなってくるのがわかる。グインのほうはまだまったく楽々と余力を残していた。

もう、ガドスは悪態を吐かなくなっていた。おそらくかなり呼吸が上がってきたのだ。思ったとおりに、その大剣は、これまで、最初の突進か、せいぜい二、三撃までで楽々と相手を打ち砕いてきたのだろう。ここまで、平然と逃げ回る相手というのはいなかったのかもしれぬ。

ガドスの顔がどす黒くそまり、はあっ、はあっと肩で息をしながらも、なおもくりかえして突撃してくる。ころやよし、とグインは読んだ。

観客たちの目には、ガドスが一方的に追い立てて追いまくっているようにも見えるだろう。もうちょっと闘技場の地面に近いところで見ている審判たちには、ガドスがグインに翻弄されているところも多少は見てとれているに違いないが、じっさいには、どれほど、グインが平然とひらひらと逃げ回り、ガドスが半狂乱になって大剣をふりまわしているかまでは見えないはずだった。グインは、からかうように云った。

「どうだ、だいぶその大剣をふりまわすのに疲れてきたようだな。降参するか？　降参すれば、ここで許してやるぞ」

「ふ、ふざけるな」

ガドスが吠えた。その声も、もうかなり息が乱れ、きれぎれになってきている。

「誰が」

「そうか」

「そ、その——その豹頭を……打ち落としてや……やる……」

「それは困る。この頭は、魔道師に魔道をといてもらって、おのれの顔を取り戻さなくてはならぬのでな。傷をつけたら魔道師がもとの顔に戻してくれないようになる。苦しそうだぞ。もうそろそろ休め」

云うなり、グインは、ふいにこれまでおさえていた本来のスピードを一瞬すべて解放した。いきなり、目の前からグインが消えた——ように、ガドスの目には見えたであろう。

次の刹那、グインはガドスの真後ろにまわりこみ、ガドスの両膝のうしろに、かるく大剣をあてた。かるいといってもグインの力でやる一撃だ。血が吹きだし、ガドスが悲鳴をあげて地面に倒れた。

わああっと、大歓声があがった。

「グンド！」

「グンド！　すげえぞ！」

「ガドスをやっつけたぞ！」

「気の毒だが、膝裏の腱を切ってしまったかもしれん」

グインは、大剣を投げ出して地面の上をのたうちまわるガドスを見下ろした。さほど息も乱してはいなかった。

「うらみはないが、おぬしの突進があまりに威力があったゆえ、やむを得なかったと思うがいい。すまぬな」

「ギャアアアッ！」

両脚をかかえこむようにしてのたうち、血を噴き出して白砂を血で染めながらガドスが絶叫した。化物を見る怯えきった光がそのむきだされた目に宿っていた。

「勝ち、モンゴールのグンド！」

審判席からたかだかと白い旗が東方めがけてひるがえるのが見えた。

第四話　タイスの四剣士

1

「グンド！　グンド！」

「グンド！　グンド！」

観客が熱狂して叫んでいる声が、潮騒のように高く低く、グインの耳に押し寄せてきていた。

ふいに、奇妙な既視感のようなものが強烈にグインをとらえた――

（知っている）

（このような感じは……知っている。確かに知っている……）

むろん、この闘技場を知っている、というのではないことは、自分でよくわかる。

ここではない。

（もっと……熱かった。もっと……熱砂の上で……熱砂だと？）

（なんで——そんな言葉が出てきたのだろう？　それに……そうだ、白い、白い砂……それに、照り返す強烈な熱気——だが、俺は……そうだ、剣も持っていなかった。俺よりもでかいドードーを力まかせに、目より高くさしあげ……）

（リアード！　リアード！）

（リアード——リアード！）

（ああッ！）

グインは、思わず、叫び声をあげるところであった。

（リ——アード……聞き覚えがある！　それは、俺だ、俺のことだ！　リアードとは、この俺を……誰かが——セムだ。セムたちが呼んだ、セムのことばで名付けてくれた俺のことだ！）

むろん、ノスフェラスを捨ててきたグインである。

セムたちがおのれをそう呼んでいたことはよく知っている。だが、それと、いま感じた「これ」とは、まったく意味が違っていた。

（そうだ——俺がリアードだ！　リアードは、俺だ！）

かつて——ノスフェラスを出、ケス河をわたってルードの森に入ったとき、グインが持っていたそのことばに対する感覚は、ただ、セムたちがおのれをそう呼ぶ、という《知識》でしかなかった。

だが、いま――

それは、まぎれもない、グインの脳そのもののなかにしっかりとある自意識と結びついた「認識」として、グインの脳のなかでつながったのだ！

（俺が……リアードだ……俺はかつてセムたちにリアードと呼ばれていた……セムたちを助けたゆえに、ノスフェラスの王と呼ばれ……そうだ、だから、セムたちは俺をリアードと名付けた……俺は、そのことを……長い、長い間、忘れていたのだ……）

奔流のように押し寄せてくる《何か》に、グインはよろめいた。

思わず、白砂の上に膝をついていた。観衆がどっとどよめいた。係のものたちが、負傷してのたうちまわるガドスを担架にのせて、あわただしく運び去り、血でそまった白砂を清め、真っ白な砂をその上にまいて血の色を隠しているところだった。グインを案内する役らしい小柄なクムの小姓が、一生懸命、グインの名をよびながら、控え室に連れてゆこうとしているところだった――だが、その名はグインのまことの名ではなかったゆえに、グインの心を動かすこともなかった。グンド、という名はまったく、呼びかけられても、驚くべき一瞬の覚醒にうちふるえていたグインの心には届かなかった。

（ああ――そうだ――ドードー――セムの村……ノスフェラスを出ようとした俺……このあいだじゃない。このあいだも……感じた。なんだか、この感じは、この光景は、覚えがあると俺は感じたのだ……ドードーが俺を引き留めようとしたとき――あのときには、まだよくはわからなかったが、確かにあのときには、俺のなかで――古い記憶が、確実に俺自身のものである記憶が少しだけ動いた。……ああ、それが――いま、俺に少しだけとはいえ、部分的にとはいえ……確実に帰ってきている。そうだ――あのとき、はるか昔、ノスフェラスの王でありながらノスフェラスを去ろうとした俺にドードーが挑んできて……戦ったのはこの俺だ。リアード！　リアード！　と叫んでいたのはセムのものたちだ。そして、俺は……ドードーに勝ち、ノスフェラスをあとにしたのだ。そして俺の長い長い旅がはじまった……）

その旅、その流浪の旅の詳細は、まだとうてい、思い出せたとはいえない。だが、はじめて、はっきりと、本当に、脳内の回路がつながったのは確かだった。

（俺は……）

（ああ、俺は……グイン――ケイロニアの豹頭王グイン……そして、ノスフェラスの王、リアードのグイン……そうだ、俺だ。それが俺だ――俺が、グインだ……）

この手応え。

おのれが、おのれにほかならぬ、という――その手応えただひとつを、自分はずっと求めていたのだ、と、グインは知った。

（なんということだろう……そうだ、俺は……俺だったのだ。まだ、いろいろなことがあまりにも思い出せぬ――だが、確かに、俺が俺だったのだ――俺は、《俺》だったのだ。マリウスのいうことも……まったく思い出せぬ部分まで含めて……すべてが本当にあったことなのだ。これほど短い期間にこれほどたくさんのことを、ひとりの人間がなしとげるなどということがあろうかと、俺はずっと疑っていた——いまなら、信じられる。まさしく、そうであったに違いない——それは、俺のしたことだ……俺は、マリウスが俺に話してきかせてくれたとおり、ルードの森にあらわれてパロの二粒の真珠リンダとレムスを救い、そののちにノスフェラスにわたり——そしてノスフェラスの王となり、そののち、信じがたいほどのさまざまな不思議の苦難をも戦いをも乗り越えて——ケイロニアに到達し、さまざまの運命の不思議のはてにケイロニア王の称号をたまわったのだ。そうだ——それがまことのことだ、誰かに吹き込まれた嘘偽りではない、といまこそ信じられる。——あのノスフェラスの白砂……ドードーとたたかった二度のすさまじいかぎりの荒わざの争い……それがこうして、はっきりと俺のなかに連環する一本の筋としてあるからには——そうだ。俺は俺なのだ。俺は……グインなのだ。俺が、グインなのだ！）

（俺はグイン——俺が、まぎれもない、ケイロニアの豹頭王グイン……）

ついに——

長い流浪のはてに、おのれにつながるひとすじの糸を見出した感動に、グインがうちふるえていた、その一瞬の隙であった。

「おのれ、グンド！」

すさまじいわめき声が、いきなり闘技場を圧倒した！

「僚友ガドスをよくも二度と戦えぬからだにしてくれたな！　この仕返しはきさまの命で償ってもらうぞ！」

恐しい絶叫もろとも、西の入口が開いた。

走り出てきたのは、長剣を手にした、これまた驚くほどに大柄な、どこからみてもクム人とわかる、つるつるに頭をそりあげ、その天辺の髪の毛ひとふさだけ残してそれをクムでもきわめて昔ふうの弁髪に編み上げて垂らしている大男であった。これは足通しもぴったりとした、グインたちの用いているような革の膝までのものではなく、足首までの、ふっくらとふくらんで足首のところでぎゅっとすぼまっているクムふうのパンツを穿き、太い胴体にはぐるぐると革の帯を巻き付けていた。その顔は眉もなく、髭もなく、おそろしくけんのんであった。額のまんなかにクムの呪術文字ででもあるらしい、奇怪な模様の刺青があり、それがいっそう、その大男の形相をすさまじいものにしていた。

「西方《がた》、タイスのゴン・ゾー！　タイスのゴン・ゾー、しきたりを守れ！」

審判台から、黄色い旗がうちふられ、審判役らしき大声が聞こえてきたが、ゴン・ゾーはいっかなかまいつけようとしなかった。恐しい勢いで、グンドの名をよんで罵り続けながら、長剣を手にしてゴン・ゾーは殺到したかと思うと、前触れもなくグインの上にその長剣をありったけの勢いでふりおろそうとした。

むろん、だが、グインもおとなしくそうされるのを待っていはしなかった。ついにおのれ自身に通じる手がかりを見出した感動に浸ってはいたものの、わめきたてながら殺到してくる凶漢を安閑と見過ごしているほどはぼんやりしているはずもない。とっさにだが、グインは動きもせずに、頭の上に剣を両手でささえて思いきり打ち下ろしてくる相手の剣を正面から受け止めた。同時にとっぱずしながらうしろに飛びすさった。

「よく受けた！」

相手がわめいた。眉もないその顔は、真っ赤に染まり、地獄の赤鬼もかくやという形相であった。

「さすがだな！　だがガドスを倒したこと、許すわけにはゆかぬ！　きゃつは俺の親友だ。長年の盟友をよくも生まれもつかぬ体にかえてくれたな。きさまもそのずくずくとどでかい五体を生きながら引き裂き、切りさいなまいてくれるわ！」

絶叫もろともに、ゴン・ゾーはまた再び、剣をふりあげて襲いかかってきた。ゴン・ゾーのほうが、上背はガドスとほぼ同じくらいであったが、横はずっと細く、その分、はるかに俊敏であった。持っている武器の長剣もグインのものとほぼまったく同じ程度の大きさと幅で、重さもガドスの大剣よりよほど軽そうだ。おまけに、ゴン・ゾーの動きはきわめて俊敏であった。

その相手に、グインはそのまま、ガドスとはうってかわって、剣をもって対峙した。

打ち下ろされる一撃、二撃をそのまま剣で受け止め、払いのけ、こちらからも斬りかかる。ゴン・ゾーも素早くステップしてよけ、剣で受け止め、さっと剣をひるがえして攻撃してくる——その動きはきわめて早かった。じっさいには、ガドスの大剣はまともに受ければすさまじい威力で相手の骨身を砕いたではあろうが、グインの直接立ち合って受けた感覚では、このゴン・ゾーのほうがはるかに手ごわかった。この男はこれほど強いのに、ガドスのほうが大平剣の部で二位となったのは何故なのだろうとグインは思い、ひらりひらりと激しく剣を打ち交わすあいまに、その疑問をそのまま口に出した。

「おぬしはえらく強いな。これほど強いのに昨年の水神祭りでは優勝しなかったのか？」

「抜かせ」

ゴン・ゾーが、顔を真っ赤にしながらも、一瞬誇らしげに答えた。

「俺は優勝者だ！　俺は中型剣の部の五年続けての優勝者だぞ！」

「道理で強いわけだ」

「うるさい。きさまだけは許しておくわけにはゆかぬ。べんちゃらなど使ってみたところで無駄だ」

「そのようなものを使いはせん」

グインは苦笑した。そのまま、すきなくゴン・ゾーのするどい剣先を受け止めながら、しだいにぐるぐると四角い闘技場の上を移動してゆく。そうしながら、グインの頭のなかが狂気のように回転して、ゴン・ゾーの剣筋を分析していた。

（こいつは強い。それに、これだけの体格に、ちょうど見合う剣を使っているし、基礎もしっかりしているから、奇策をかけても崩れそうもない。だが、とても頭にきている――そこはつけめになるかもしれん。だが同時に……こやつは、もうマリウスの助言に従って負けることは目指さぬが、あまりに俺が桁外れに強すぎる、という印象を観客たちに与えぬためにはかっこうの相手だ……）

体格的にも、背はやはりグインよりは頭半分ほど低いが、かなり似通った体格をしている。それゆえ、遠目からは、いかにも実力の伯仲した二人が、死力をつくして死闘をくりひろげている、とうつるだろう。

じっさいには、グインは、そこまでの脅威はゴン・ゾーには感じていなかった。これまでに戦った相手としてはかなり上のクラスだと思うが、たとえばスイランでも、本当に死にものぐるいになったら、なんとか互角には戦えるのではないかと思う。

（ということは、俺のなかでは、あのスイランという男は本当に相当にかっている、ということだな）

そのことを考えいたって、グインはひとり腹の中で苦笑した。スイランはまさか、おのれがそこまで凄腕だとグインに思われているとは思っているまい。

（だが、あいつは、強い。それも、いい加減な強さではない。あいつは、何か筋の通った、信念のある強さだ。あいつには、何か深く信じている事柄——か、人か、何かわからぬが、何か、強烈な信念があるに違いない。あいつはそれのために動いている。そこが、こうして闘技場で、賭け金やおのれの名誉のためだけに戦っているものたちにくらべて、あいつのとても強いところだと俺は思うが……）

そのようなことをのどかに考えながら、ゴン・ゾーの打ってくる剣先をかわし、打合せ続けているだけの余裕が、グインにはあった。それゆえに、ゴン・ゾーの力、というものはおおむねその程度だろうと読むことが出来たのだ。

（俺を必死にすることとの出来るほどの戦士は——俺が本気で青ざめてありったけの必死で戦うような奴はこの世にいるのか？　それが俺は知りたい——それこそまさしく、ルーアンのガンダルその人なのか？　それを思うと、しょうこりもなく——ぜひともガンダルとは手合わせしてみたいものだ、という気がするな……）

（いやいや……だが、そういうわけにもゆかぬ。もうこれ以上危い橋は渡れぬ。——とはいうものの……どうも俺も、思っていたよりもずっと、このような試合は好きであるらしいな……）

また苦笑がわいた。

（ゴーラのイシュトヴァーンが本気であと五年、剣の道に励めば、あるいは……もっともあの男は、それよりも、あのなりふりかまわぬところが怖さがあるとは思うが……）

（大きい、力があるというのなら、ラゴンのドードーにまさるものなどありえぬに決まっている。――そのドードーと戦った俺だ。普通の中原の人間の大きさになど、ひるむものか。――それにこのゴン・ゾーは、ガドスのようにでかいわけではない。横はむしろほっそりしている。なるほど――だから、大剣ではなくて、中剣を選んだのだな……おのれをよく知っている。だが、いまは、ガドスの仇討ちにとはやって大剣をとって出てきたわけか――待てよ）

（ということは、この男は本来のおのれの得物ではないもので戦っている、ということだ……）

ふいに、何かの突破口がひらめいた気がした。

グインは、一瞬で頭のなかにひらめいた考えをそのままなめらかに、まどうことさえせずに実行にうつした。一気に、目にもとまらぬ早さでゴン・ゾーのふところにとびこみ、すさまじい早さで連続の突きをくりだした。はっとゴン・ゾーの態勢が乱れる。大剣は通常は突きを使うことはない。それはかなり意表をつく攻撃だったのだろう。突きを多用するのはレイピアや細身の剣であって、中型剣からはもう、突くよりは、払う、斬りかかる、というほうが主体になる。

また、このような大剣をそのように、すばやくひいては突くことを連続でおこなえるだけの膂力は、普通の人間には持っていないのだ。ゴン・ゾーが激しくたたらをふんだ。いそいで態勢を立て直し、思いがけぬグインの攻撃に対して身構えようとするようすが伝わってくる。そのひまもあたえずに、グインはなおも続けざまに突きの攻撃をくりだした。

「き——さま——！」

ゴン・ゾーの口から、悲鳴のような声があがったとき、グインはすばやくゴン・ゾーの右手首をねらって内側から突いた。ねらいあやまたず、ゴン・ゾーの手首から血が吹きだした瞬間に、剣をひねり、下からゴン・ゾーの剣をはねあげると、たまらず、ゴン・ゾーの手から剣が中空高く飛んだ。

「う——く——くそォォッ！」

「東方《がた》、モンゴールのグンドの勝ち！」

すかさず白旗があがり、審判が叫ぶ。

「すまぬな」

グインは右手をおさえてがっくりと白砂の上に膝をついたゴン・ゾーにむかって云った。

「いますぐ血どめをすればいのちには別状ないだろう。ガドスのことは気の毒をしたが勘弁してくれ。これは試合で、俺も殺されたくないだけなのだ。きゃつが強すぎたので、手加減できなかった——お前もだが。クムの闘技士たちは、強いな」

「おのれ……悪魔のようなやつめ……」

ゴン・ゾーが蒼白になりながら罵った。また、ふたたび、担架をもって走ってくる係員たちの姿がある。

「きさまには悪魔が取り付いてるのだ。そうに違いない。最後の一瞬、きさまのすがたが見えないくらい、素早く動きやがった。きさまは人間じゃない。さもなければ、人間のすがたをした魔物だ。だが、生きて水神祭り闘技会の会場を出られるとは思うな。俺とガドス、二人までも、名うてのクムの闘技士をこうしてつぶしてくれたからには、タイスの全闘技士たちはきさまを倒すことをおのれの悲願とするぞ。ガンダルを倒せば名があがる——だがそれ以前に、いまや俺たちには目標が出来たのだ。それはモンゴールのグンド、きさまだ。必ず、俺の盟友の誰かがきさまを倒してやる。ガンダルはもう正直、年老いていて、倒してもそれほど名誉になる相手じゃない。倒せば必ず、年老いたからだといわれるだろう。さもなければガンダルのあの卑怯なかくし手にやられるかだ。だがきさまは——剣闘士の闘争心を無性に刺激する。いいか、グンド、もうきさまはタイスのすべての闘技士たちにとっては決して見逃すことのできぬ存在となったのだぞ。

そのことだけは覚えておくがいい。もうきさまは逃げられぬ。もう、きさまはこの闘技場の白砂を血に染めて倒れることなくしては、ここから出てゆくことはかなわぬのだ。タイスがきさまの墓場になるのだ。そして……」

叫び続けるゴン・ゾーを、係員たちが、強引に担架にのせ、そして血の噴き出す右手首を応急に縛り上げて、急いで控え室へ連れ去った。完全に西の入口の扉が閉まるまで、ゴン・ゾーは叫び続けていた。

「必ず、俺たちの盟友の誰かがきさまを倒す！　それを待っているがいい、グンド、必ず、仲間がきさまを見逃さぬ……タイス闘技士ギルドの誇りにかけて、よそからきた新入りのきさまなどにただで王座は渡さぬ。ただで……」

ゴン・ゾーの絶叫を、

「グンド！　グンド！」

「グンド！　グンド！」

という、押し寄せる津波のような観客の絶叫がかき消した。

「グンド！　グンド！」

「グンド！　グンド！」

二人続けての、タイスに名だたる強豪を傷つけ、しりぞけたグインの戦いぶりに、いまや観客たちは、完全に魅せられているようだった。

いつのまにか、グインが最初の戦いのために闘技場に入ってきたときに比べて、明らかに客席の人数が増えてきていた。話をきいて、あわてて見に来たものたちがかなりの数、いるとおぼしかった。

「モンゴールのグンド、しばしのあいだ、闘技場を整備しますので、控え室にてお休み下さい」

小姓が走ってきて告げた。グインはうなづいて、大股に四角い聖なるルアーの祭壇から、おり、広い闘技場を横切って東の入口を入っていったが、入ろうとして観客席が近いあたりに近づいてきたとたんに、

「グンド！」

「すごい、すごい戦士だ、グンド！」

「いまだかつて、こんな剣闘士を見たことがないぞ！」

「本当のケイロニアの豹頭王にだって、勝つかもしれんぞ！」

「グンド！」

熱狂して口々に叫ぶ人々の声が爆発的に近づいてきた。

人々はわざわざ、こちら側の席に移動して、一番下の闘技場に近い塀の上までおりてきて身をのりだし、ちょっとでもグインに近づこうと大変な騒ぎをしていた。塀につかまっていまにも落っこちてしまいそうに乗り出し、手をさしだして、なんとかしてグイ

ンのたくましいからだにふれようとか、叩こうとか、握手してもらおうとしてあがいているようだった。むろんそれは男だけではなく、あられもない格好をした妖艶なクム女たちもたくさん、そうやって身をのりだし、一生懸命グインに秋波を送ったり、手をふったり、おのれの顔を覚えてもらおうとするのか、グインめがけて、髪の毛にさしてあった花をぬいて投げつけたり、手渡そうとしたり、はなはだしいのは首にかけていた首飾りや指輪をぬいてはグインにむかって投げつける婦人もいた。それは、小姓たちが出てきてあわてて拾い集め、籠に入れているところをみると、そうしたものは、闘技士たちのお貰いになる、という慣例がクムには出来上がっているようであった。

「グンド、グンド！」

「ああ、なんてたくましいんでしょ！」

「あんなたくましい太い腕で抱きすくめられたらどんな感じかしら！」

「グンド、こっちを見て」

「ああ、その豹頭、なんて愛らしいの」

「本当の顔はどんなのかしら。知りたい」

「グンド、こっちを向いて。手をふって」

「グンド、すげえぞ！」

「こんなすげえ戦士ははじめて見た。ぜひともガンダルを倒して、タイスに最大の栄冠をもたらしてくれ」

「闘神マヌの花冠をタイスに！」

「水神祭りの闘神冠をタイスにもたらしてくれ、グンド！」

口々の声をあびせかけられながら、ほうほうのていでグインはやっと、小姓たちに助けられて東の入口に入ってほっとした。

「大変な人気でございますね、グンドさま」

この闘技場につとめているらしい、同じ茶色と黄色のお仕着せを着た小姓たちの口調までも、まったく変わってしまっている。

「でも無理もございません。いまの二つの試合はとてつもなく素晴しいものでございましたし、タルーアンのガドスも、タイスのゴン・ゾーもどちらも、つねに闘技大会では何かの種目で必ず優勝する、タイス最強の戦士たちでございますから……それをこんなにあっけなく負かせたのでございますから、それはもう、みなが熱狂するのも無理からぬことでございます」

「このところ、サバスが死んでからというもの、もうタイスは、闘神冠をルーアンから取り返すことは不可能なのではないか、少なくともガンダルからはそうできぬままに、ガンダルが引退してしまい、永久に、ガンダルによるルーアンの栄冠はタイスには戻ってこぬのではないかと、みな思っていたのでございますから……」

「………」

グインは、たくましい肩をすくめただけで、特に何も答えなかった。そういわれたところで、グインにはあまり誇らしい気分にもなれなかったし、その闘神冠とやらにも興味はもてなかったのだ。それよりも、やむをえぬとはいえ、思ったよりもあいてが強かったために、二人の立派な剣闘士を、片方は膝の腱を切断し、片方は右手首を突いて傷をおわせ、右手を怪我したゴン・ゾーはまだしも、膝の腱を切ったガドスはもう二度とは歩くこともできぬからだになってしまったのではないか、と思うことで、いささかグインは慚愧の念を覚えていた。かれらがもうちょっと弱い戦士であれば、もっと楽に手加減しながら勝ってやれたし、かれら自身にはそれこそ、何ひとつうらみもつらみもあったわけではなかったからだ。

2

小姓たちに案内され、グインはしばらくのあいだ、またさきほどの豪華な控え室にひとりで待たされた。小姓たちが飲み物と食物の用や、そのほかの用をたずねたが、グインはひとりになりたかったので、飲み物だけ頼んでおいて、あとは放っておいてくれるように頼んだ。小姓たちはうやうやしく下がっていった——その態度さえ、すでに、ここに到着したときとは全然違う、賓客に対するようなものが感じられて、グインはなんだかひどく気詰まりだった。

べつだん、丁重に扱われることには何の抵抗があるわけでもなかったし、横柄にふるまうのは、むしろお家芸のようなものだったのだが、ただ、その急に文字どおり豹変したといっていいタイスの人々の態度のなかに、今後の事態をいっそう困難にしかねないものを感じて不安だったのだ。といって、グインにはほかにどうしようがあったわけでもなかったのも確かだった。

(どうも、この快楽の都とは相性が悪いらしいな……)

　グインが、運ばれてきた熱い飲み物を少し口にして、黙然とこのさきの成り行きや、今後の展開について考えこんでいるところに、かるくドアがノックされた。

「お邪魔いたします」

　顔を出した闘技場詰めの小姓は、もはや、帝王に仕える側仕えの小姓さながらのうやうやしさであった。また、グイン自身はまったく意識してはいなかったのだが、グイン本人の態度自体も、そのようにしてうやうやしく扱われるほうがはるかに似つかわしい、すわりのいいものであったのは間違いないところであった。

「ご面会を御希望のお客様がおいでになっておられますが」

「客だと、誰だ」

「タイス闘技士ギルドの、タリアのドーカス・ドルエンどのです」

「ああ」

　グインはうなづいた。

「すぐ通してやってくれ」

「かしこまりました」

　小姓はうやうやしく一礼して出てゆく。ふっとまたグインは妙な錯覚にとらえられた。自分がどこかの宮廷にいて、王としての任務をはたしている最中だ、というような気分になったのだ。それが、とても自然で、そして長年馴染んでいる、という感じがしたのが、一番グインには不思議だった。

（記憶が戻りかけているらしい……）

なまじ、そのような状態になってみると、まだらに糸がつながり、まったく思い出せない部分もまたある、といういまの状況が、なんとも気持が悪い。グインは苦笑した。

（いっそこれなら……何も思い出せなかったときのほうが、やみくもに不安ではあるが、落ち着いてはいられたかもしれんな……）

いろいろな感覚が戻ってきても、いちいち動転したり、態度に出してしまってはいかんぞ、とおのれに言い聞かせる。ドーカス・ドルエンが、そっと会釈して入ってきた。

こちらはすでに、グインの正体をわきまえているだけに、冗談ぬきで帝王に会ううやうやしさに満ちていた。が、小姓の手前を考えてだろう。丁重に会釈するだけで、膝をついて臣下の礼をとるところまではせずに、うやうやしく近づいてくる。

「たいへんな評判になっております」

だが、もう扉の外にひとがいたとしても、小声なら誰も聞こえぬかと思えるあたりまで近づいてくると、ドーカスはひどくうやうやしく云った。

「陛下はまた、しかもこのタイスでは最強とされている二人の剣士を実にあっさりとお破りになったようで……」

「ガドスと、ゴン・ゾーか。かれらは、そんなに強い戦士だったのか」

「こう申してはばかりでございますが、ガドス、ゴン・ゾー、そしてこのわたくしドーカス・ドルエンはタイスの四剣士、と呼ばれております、四人の最大の強豪のうちであります。わたくしもいくたびもかれら二人と戦ったこともあります。現在のタイスで、ガンダルにただちに勝つとは無理でも、一合以上対抗出来るのはおそらくこの四剣士をおいてはいるまいと思われるゆえ、ガンダルのおらぬいまのような闘技会においては、必ずそのいずれかが勝つことになっております。わたくしも数知れぬさまざまな競技会で優勝者の栄誉を得て参りました」

「なるほどな。それほどの強豪たちだったのか。道理で、いずれも俺がなかなか手抜きが出来ぬくらいの腕前に思われた」

グインは思い出しながら云った。

「待てよ、だがおぬし、いま、タイスの四剣士、といったな。ガドス、ゴン・ゾー、ドーカス・ドルエン。いまひとりは誰だ」

「おそらくその者が、いまの休憩のあいだにただちに呼び寄せられ、陛下とさいごの腕試し試合をするようにいざなわれていることと存じます」

ドーカスは云った。

「タイスの誇る四強、四剣士のさいごのひとりはかなり異色の者でございます。かなりあやしい剣、魔剣と呼ばれるような剣を使う者でございますゆえ、どうぞご注意下さいませ——と申したところで、陛下にとっては歯牙にもかける相手でもございますまいが。——いまひとりの剣士はイリアのマーロールと申す者でございます」

「イリア。その都市の名には聞き覚えがないが」

「実は他のものたちもあまりよくは知りませぬ。どうも、ダネインの彼方にある伝説の都市だ、というようなふれこみなのでございますが」

「ほう」

「これは五年ほど前に陛下と同じようにふらりとやってきて、タイスの強豪を総なめにしてここに居着いた、かなり謎めいた剣士なのでございますが——一見弱そうに見えますが、どうぞ油断なさいますな。タイスのほかの三強、つまりわたくしも含めてということですが、いくたびもこのマーロールと戦っておりますが、かなり武器万端に通じているわたくしでも、勝敗は、そうでございますね、去年一年で十戦して三勝七敗というところでございます。それでも、わたくしが一番勝率がよろしいので、ガドスは十戦全敗、ゴン・ゾーで一勝九敗だったでございましょうか。——かなり手強い相手でございます」

「まだ、そのような者がいたとはな」

「タイ・ソン伯爵は何人かの前座闘士とあててから、これはと思われたので急遽わたくしをお呼びになったようでございました。わたくしは本日も——水神祭りまではまったく試合の予定はなく、水神祭り闘技会にあわせて調整と訓練をする予定でこもっておりましたので、急遽お城に呼び寄せられて大変驚きましたが……わたくしが相手せねばならぬような強豪などめったにあらわれるものではない、と思ったのでございますが」

ドーカスがほほえんだ。

「それも結局は無理からぬことだったのでございますが。――しかし、それでわたくしがかなりあっさり敗れましたので、わたくしとまあならびたつ二強を次々にあててみたのでございましょう。しかるにそれを陛下はいとも簡単に打ち破られました。わたくしもあのあと、大闘技場にいそぎ参り、わたくしの専用の座席から戦いの様子をつぶさに拝見しておりましたが、まことにすばらしい戦いでございました」

「それでは、俺はおぬしの盟友に怪我をさせて、闘技士としての生命を断ってしまったことになったかもしれぬな」

いくぶん後悔して、グインは云った。

「彼もとてもよい剣士であったゆえ、俺が生き延びるためにやむを得ぬとはいえ、気の毒なことをしてしまった。ガドスの腱を切ってしまったのは、気の毒なことだった」

「陛下は、すばやく、ガドスの弱点が足であることを見抜かれたのでございましょう」

ドーカスはちょっとおもてをひきしめて云った。

「確かに盟友ではございますが、同時にわたくしにとってはつねにきそいあう敵でもございます。タイスの剣闘士たちのあいだの友情というのは、いつでも一瞬にして殺意にかわるもの、として、ことわざにまでなっております『タイスの友情』とはこのことでございます。――ですから、わたくしがガドスのためにいきりたつというようなこともございませんが――」

「あやつは、再起不能になったのか？」

「さあ、まだそこまではきいておりませんが、歩けなくなったようだ、というのは聞いております。もっともそれが、怪我が癒えればもとどおりとはゆかぬまでも多少は復活できるものなのか、それとももうこののち廃人として寝たきりですごすようになってしまうものなのかまでは聞いて参りませんでした。のちほど、確認して参りましょう。いまは、医師のもとに運び込まれて手当を受けておりましょうから。ゴン・ゾーのほうはさほどふかでではございませんでしたので――あのまま失血させておけば死んだでございましょうが、ご寛大にあれだけですませていただきましたので、腱も切れておらぬようでございますし、血がとまって、傷が治ればなんということもなく現役に復帰できましょう。わたくしも、いくたびとなく、あれよりもさらに重大な深傷から回復して、また闘技場の土の上に立って参りました」

「気の毒なことをしたとは思っている」

「そのように思われることはございませぬ。これは闘技でございます。タイスの闘技士たちは、いずれも、この闘技場の上でいつかはいのちを落とすもの、と思って子供のころから闘技士ギルドに入るのでございますから」

「ふむ……」

「それゆえ、基本的には闘技士は妻帯はせぬのがほぼ習慣になっております。むろん、とめられているわけではございませんが、妻帯しても、悲しませる可能性がとても多いので、例外をのぞいては、妻帯せず、子供ももうけません。また、汚い賭け主のなかには、妻子のような弱点がありますと、子供をさらってそれのいのちをえさに八百長試合を強制してくるものもございますのでね。タイスとはそのようなところでございます。わたくしは闘技士の息子として生まれましたが、これは、父がタリアから参ったせいで、クムでは、ことにタイスではめったに闘技士はめとること、まして子供を産ませることはいたしません。むしろ、すぐれた闘技士をおのれの養子に迎え、おのれがそれの小屋主となることが、年とって引退した闘技士にはひろく行われております。全体に、闘技士には、どちらかといえばルブリウスの徒のほうが多いようでございますし」

「ふうむ……」

「その分、剣闘士たちどうしでの絆もきわめて強いものもありまして……闘技士どうしで、義兄弟の誓いをかわす、ということも、普通におこなわれております。家族をもたぬかわりに、同じ剣闘士どうしで義兄弟となって、互いが闘技場で命をおとした場合には、もうかたわれがその仇をとる、というような誓約をしたり、生まれもつかぬ怪我人となった場合にはその面倒をみる、というような契約をするのでございます」

「そうなのか」

「その……あのガドスは……同じ四剣士のゴン・ゾーと……その義兄弟の誓いをかわしているのでございます」

いくぶん困ったように、ドーカスは云った。

「そして、そのガドスとゴン・ゾーをこのタイスの剣闘士のかしらと慕う者たちが、それぞれに義兄弟の志願者として剣をかれらに捧げていたりしまして……陛下ならばお困りになることはないかと思いますが、一応こののちは、ガドスとゴン・ゾーの一味からは、仇と狙われる、というお心づもりだけはなさっておいたほうがよろしいかと存じます」

「まあ、そうだろうな。俺にせよ、あれだけの剣士のこれから先の剣闘士としての生涯を台無しにしてしまったのだ。それだけのむくいはあるかもしれぬということはわかる」

「とはいえこれは、剣闘士になるとき当人が充分にわかって選んでいることなのでございますから、本当はそのようにしてさからうらみをいたすのはおかしいと思うのでございますがね」

ドーカスはちょっと苦笑した。

「ただ、そのようなことがある、ということだけは、お心に刻んでいただいたほうが、このの ち警戒をなさるにもよろしいかと思って、つまらぬお話をいたしました」

「おぬしは、かれらとはその義兄弟とやらにはなっておらなんだのか。ドーカス？」

「わたくしは一匹狼ですから」

ドーカスはうっすらと笑った。

「わたくしは剣闘士になったからには、剣の腕だけがすべて、闘技場で勝つ力量だけがものをいう、と思ってやってまいりました。その上に、誰かと義兄弟の契りを結び、その誰かがまた誰やらと義兄弟となり——というようなことがたびかさなると、それがさまたげとなって、公正な試合が出来なくなる、というようなことが、タイスではよくございます。それもとてもイヤでございましたので——四剣士、四強と呼ばれているわれわれのなかでも、わたくし——《青のドーカス》と、そして《白のマーロール》は……いろいろと請い求められることも多うございますが、誰にも、その剣を与えてはおりませぬ。さきほど、陛下に捧げたのが、わたくしの人間に捧げた最初の剣でございます。わたくしの剣がルアーに捧げたものであることはすでにお話いたしました」

「《青のドーカス》だと」

だが、そのドーカスのことばに、グインは興味をそそられていた。

「そういうのか。何故だ」

「それはわたくしどもタイスの四剣士にそれぞれに渾名がついておりまして……おおもとは《白のマーロール》でございます。それは、おそらくこのあと陛下が対戦なさればすぐにその渾名の由来がおわかりになることと思います。あと《赤のガドス》もお解りになりましょう」

「ああ、燃えるような赤毛だったな。あの男は」

グインはうなづいた。

「その二人がそのように対照的でしたので、それで、それならばあと二人も揃えようということで、《黒のゴン・ゾー》に《青のドーカス》という名がつけられましたが、これはべつだん、わたくしは青い目をしているわけでもございませんし、青が好きなわけでもございませんので、いささか、無理強いで、海の青いタリアからきたからだ、というようなこじつけでつけられたようで。《黒のゴン・ゾー》も特別に色が黒いわけでもございませんが、その名をつけられてからは当人が意識して、黒い服ばかり闘技場の外では着るように気取っております。が、まあ要するに、何かとこの四人が実力が伯仲している、というので比べられることが多い、というだけのことでことにわたくしの青についてはまったくのこじつけとしか、わたくしには思えませんが」

「なるほどな。青のドーカスか」

「それよりもこののち、陛下が対戦なさる《白のマーロール》のことでございますが」

真剣な顔になってドーカスが云った。

「この男にはご注意なさいまし。なかなかのくせものでございます。陛下のことですから、何も心配はございますまいが、この男はなかなかに魔剣といってよい奇妙な手をいろいろと使います。イリアというのはいったいどこにある国なのかもわかりませぬが、前歴もわかりませぬし、なかなかに謎めいた男です。しかし、非常に婦人の贔屓が多いのです。——この男と対戦なさるときには、この男にあまり酷い傷をつけぬようにされることがよろしいかと思います。この男のひいき筋には、いろいろとあやしいものがございますので……タイスでは、当人よりもむしろ、その当人の義兄弟である剣闘士たちや、その当人のうしろだてになっている小屋主、賭け主、ひいき筋を心配なさる必要がございます。ただいま人気一番の男でございますし……」

「ガンダルにこだわるようだが、その男はガンダルとは戦わぬのか」

「レイピア部門でございますから」

ドーカスのいらえをきいて、驚いてグインはドーカスを見た。

「レイピアだと」

「さようでございます。わたくしが長槍部門、ガドスが平剣部門、ゴン・ゾーが中剣、そしてマーロールがレイピアの部で、この四人がながらくタイスの闘技会の優勝者の常連となっておりまして。十年に一回、『無差別部門』が催されることがございまして、このときには、レイピアと大平剣、槍とくさりがま、なんでもが死闘をくりひろげることもございますが、これはあまりにも死者、重傷者が多くなりますので、めったには開催されません。そう簡単に、せっかく育てた闘技士たちが死んだり大怪我をしたりしてしまっては、タイスの小屋主たちもやっていられたものではございませんから。——しかし、もっとも華やかにして闘技会の本流中の本流とされているのが、すなわち大平剣の部で、ガドスは平剣の部で毎回優勝しておりましたが、大平剣の部ではガンダルにはばまれ、ガンダルの出場する会では一度も優勝したことがございません。去年の水神祭り闘技会では、タルーアンのサバスという新鋭がガンダルにいどみ、まことによい成績をあげましたが、さいごにガンダルに敗れてタイス伯爵の怒りをかい、毒杯にたおれました。それで第三位であったガドスが準優勝の栄誉に押し上げられることとなりましたが、ほかにガドスは平剣の部では優勝しております。平剣と大平剣の違いは、剣の大きさではございませんで、平剣は先端が四角くたいらになっており、大平剣は先端が三角形にとがっております。その分平剣のほうが危険が少なく、また、平剣で打ち合うよりも大平剣で打ち合うほうが派手なので、それで大平剣がすべての闘技のなかでもっともはえある闘技の王者とされております。——さらに二種類の武器をいちどきに使う二種部門もございますし、三種部門も、また投げ刀子、投げ槍などの部門もございますがこちらは、殺し合いではなく、競技として点数できそわれるのでそれほど物騒なことはございません。たてた的を射抜いた点数で争われますから。しかしなんといっても、タイス市民たちの人気の集中しているのは、直接に闘士たちが斬り合う勇猛な戦いである一種武器の部門でございます」

「なるほどな。——いや、だんだんと、タイスの闘技会の実体がわかってきたようだ」

グインはいった。

「いろいろと教えてもらって、すまぬことだな、青のドーカス」

「とんでもない。このようなことからでも、お役にたてれば望外の幸せというものでございます。それに」

「ああ」

「さきほど陛下とお別れしてから、ずっといろいろ考えつつ、わたくしも闘技場にきて陛下の戦いぶりを拝見させていただいておりましたが、陛下が仰有られていたことをいろいろ考えまして……」

「どのことだ」

「陛下が、なるべくすみやかにタイスを出なくてはならぬが、タイス伯爵に気にいられて困った、とおっしゃっていたことでございます。それから、その、陛下がおともないになっている吟遊詩人が、タイス伯爵の非常な気に入りになってしまって、たいへん危険かもしれぬということ」

「ああ……」

「気になりましたので、わたくしはあちこちに贔屓がおりまして、むろんタイス伯爵の宮殿のなかにも気心のしれた者がおります。タイス伯爵の侍従をつとめている者のなかに、わたくしを贔屓にしてくれ、個人的にも非常に親しい者がおりますので、その者に急用だといって使いを出して闘技場まできてもらい、陛下の試合をみながら、陛下について、またその吟遊詩人——マリウスというたいへん美しい若者だそうでございますね——についてもいろいろと聞かせてもらいました。そうしたら、ちょっと意外なことがわかったのでございますが」

「というと」

「そのマリウスという青年がたいそうしたたか——と申しては陛下のお連れのかたに何なのですが、たいそうなんというか、やり手といいますか……しっかりした若者で、あっという間にタイス伯爵を骨抜きにしてしまい、すっかりタイス伯爵の鼻毛を読んでしまって、なんでも伯爵を思い通りにしている、というので、タイス伯爵の後宮は戦々恐々としているという——」

「そうなのか」

これには、グインも、いささか苦笑せざるを得なかった。というよりも、どう答えていいか、わからなかった。最前のちょっと会っただけのマリウスの様子からも、それは、必ずしもグインにもわからないでもなかったからである。

（あいつめ……）

ことともあろうにパロの王太子になるべき人間、ケイロニアの皇女の夫であるような人間が、と考えるとなかなかとんでもない行動には違いないが、しかし、それはそれで、マリウスにはマリウスなりの戦いかたや対処のしかた、事態の乗り切りかたがある、ということなのかと考えると、いっそある意味頼もしくさえある。だが、そのようにしてどんどん気にいられてしまえば、その分、脱出はさらに難しくなるのではないかと思われた。

「困ったものだな、それも」

「まあタイス伯爵もきわめて気の多いかたなので……ほかにもたくさん、お手つきの小姓だの、色子だの、そのような身分のものではなくとも、タイスの貴族の子弟でも、みめのうるわしい少年や青年には、かたっぱしからお手がついたり、従わぬものは手ごめにされたりして、いろいろとうらみをかったりもされておりますが、やさしげな顔をして、たいそう美しい歌声をもっているそうで、それなのにあっという間にこの短いあいだにタイス伯爵の最大のお気に入りにのしあがってしまうとは、なかなかにロイチョイの廓に出しても一番の売れっ子になったのではないか、ともっぱらのうわさになっておりますそうで——まあ、それでこそ、陛下のお連れになるだけのかたということかもしれませんが——つかぬことをうかがってよろしゅうございますか」

「なんだ」

「そのマリウスという吟遊詩人は、陛下のそのう……御寵愛の色子では、ないのでございましょうね？」

「そんなものではない」

グインは苦笑した。

「だが、その——いささか血縁のものなのだ。簡単にいえば、俺の——俺のまあその、兄弟のようなものだ。べつだん、剣闘士の義兄弟というようなものではない、本当の兄弟なのだがな」

「陛下の弟御！」

仰天したようすでドーカスが叫び、それからあわてて声をおさえた。

「さ、さようでございますか。それは知らぬこととはいいながら失礼なことを申し上げ——し、しかし陛下の弟御というからには、ケイロニアの王子様ではないのでございますか？」

「そんなものではない」

グインはあわてて首をふった。

3

「まあいろいろ事情のあることだが、この旅がはじまってから出来た関係だと思ってもらってもよい。ケイロニアとはまったく関係はないのだ」

「さようでございますか――？」

これはさすがにかなり難解であったらしく、ドーカスはけげんな顔をしていたが、無理に納得したていにもてなしてうなづいた。グインは苦笑した。本当のことをいうわけにはゆかぬ。それならば、まだ、色恋沙汰だ、と思ってもらったほうがましかもしれなかった。グインは肩をすくめた。

「まあ、結局は……義兄弟、といえばいいのかもしれんが――剣闘士のとは違うかもしれんが、つまりは、まあ、そのようなことだな」

「ははあ――なるほど……」

ドーカスは何か考えていたが、結局、どのように納得したのか、何回かかかるくうなづいた。

「しかし、それならば、陛下としても、こうしてタイス伯爵のお手元に、大事なかたをおいておられるのは、まことに不本意なことでございますな？」

「まあ、なんとかなるべく早く無事に助けてやらねばとは思っているが。もともとの本職が吟遊詩人だから、そのような意味では、俺などよりもよほど性根がすわっているのだろう。タイス伯爵に気にいられているようすは知ってはいたが、短期間にそれほどのお気に入りになっているとは思わなんだ」

「そのようにしっかりしたかたであれば、わたくしが申し上げたような危険性は少ないかもしれませんが、逆に気にいられれば気にいられてしまうほど、タイスを出にくくなる、というのは確かなことかと思われます」

ドーカスは云った。

「陛下が、タイスをなるべくそうそうにお出になりたいと思われている、ということが、ずっとわたくしは気になっておりまして……なんとか、お力になりたいと思うのでございますが……所詮わたくしも一介の剣闘士にすぎぬ身ではございますし――ただ、わたくしの贔屓をしてくれている、タイスの豪商がひとりおりまして、この人は信頼できる人ですので……思いきってその男に事情を打ち明けて、力になってくれるよう、相談してみようかとも思っておりますが、わたくしの一存であまり軽々しく動いてもかえって御迷惑かとも存じますし――ただ、宮殿のなかに、陛下のお連れになったほかの人たちをおいておくのは、なるべくならおやめになったほうがよろしいかと思うのです」

ドーカスの顔はひどく真剣であった。

「ここに住んで長年暮らしているこのわたくしがそのようなことを申すのもいかがなものかと思われますが、タイスという都はきわめて特殊な論理で動いている、この世のどのような他の都市とも似ても似つかないところです。それは、それが肌にあう者もあれば、まったくあわないものもおります。むろんどこでもそうかもしれませんが、タイスの場合はそれがとても極端です。ここがあわない者にとっては、タイスで暮らすのはただ地獄でしかありませんし、タイスが肌にあっている者にとってはここは天国です。頽廃と快楽と性の楽しみを享楽できるもの、生きるということを倫理ではなく、楽しみからだけ考えるものにとってはタイスほど素晴しい都はなく、一方、真摯に道徳やひととして正しいことなどを考えるような、いわばミロク教徒のようなものにとってはこのタイスはまさしく見るものきくもの許し難い生き地獄でございましょう。そしてタイス伯爵の宮殿こそ、そのタイスそのものの象徴でございます。そのお連れ様、幼い子連れの御婦人はミロク教徒だとおっしゃったのでしたよね？」

「ああ、そのとおりだ」

「でしたら、まさに、その御婦人にとっては一刻一刻がたまらないほどのものにおなりでしょう。――でしたら、むしろいまのうちに、わたくしの知人の邸にでもかくまったほうが——その御婦人は、おきれいなのですか？」

「そうだな、ウム——俺はそのような目で見たこともなかったので、考えたこともなかったが……まあ、その、汚いほうではないだろう。好きなものによっては、たいそうきれいだと思うのではないかな。なかなか可愛らしいのは本当だな。俺からみるとまあ、美しいというよりは、可憐で清らか、というような感じだろうか」

「まだ、お若いのですね？」

「たしかまだ二十三、四歳だったと思う」

「そしてミロク教徒」

ドーカスは妙に深刻な顔になった。

「陛下、そのかたは、本当はこれ以上一刻でも、タイス伯爵の宮殿においておかれることは危険かと存じますよ。——そのような、可憐で清らかでかわいらしい、などというお若い女性くらい、タイスで身の危険にさらされているものはないのですよ。おまけに、お小さい子がいらっしゃると？」

「ああ、まだ二歳半だがもう三歳以上に見える。たいそうしっかりした可愛らしい子で、これが俺はたいそう気に入っている。というより、とても大事でな、縁もゆかりもないのだが、まるではじめて持った自分の子のようにいとしく思える。それゆえ、この親子をなんとしてでも無事にパロに送り届けてやろうというのがこの旅のはじまったきっかけだったのだ」

「そのようなことでしたら……ますますます」

ドーカスは身をのりだして、ますます声を低めた。

「その婦人はなんとかして早く紅鶴城を出されることです。いまはまだ、おそらくタイス伯爵はそのマリウスという吟遊詩人に夢中でおいでになるので、そちらまでは目を向けられておらぬのでしょうが、伯爵だけではなく、伯爵の取り巻きの貴族たちも、タイスではみな放蕩者の変態ばかりです。それらの誰かにうかうかと目をつけられたら、あっという間もなく拉致され、おそらくは無事に戻ってくることはないかと思います。いまは、そのかたは、陛下ともほかのお連れとも引き離されておいでになるのですね」

「実をいうとそれが心配でならぬのだ」

グインはそれは本当に本音であったので、トパーズ色の目を光らせて重々しく云った。

「マリウスのことは、さきほど話したときに、ああ、こやつはもう、放っておいても俺などよりよほど世慣れているなと思ったのだがな。その娘とことにその小さい子供は、俺も、リナという連れの女騎士も、もうひとりの傭兵くずれの男も闘技場に連れてこられてしまったので、何の身を守る手だてもなく紅鶴城においておかれているわけで心配でならぬ。一応、マリウスが伯爵を説得してくれて、今日帰ったらわれわれ一座のものがまとまって過ごせるように、いくつかの部屋をくれることにはなったのだが……」

「といっても、お城にいるかぎりは、食べ物をとりにでも用足しにでも、何かと城のものの目にとまらざるを得ますまいし。わかりました、では、わたくしがなんとかして、その御婦人と陛下のお気になっておられるお子さんの安全のために策を講じることにいたしましょう。そのくらいならこのわたくしにも出来ますし……それにさいわい、わたくしは」

ドーカスはにっと笑った。

「このようななりわいをしておりますのに、ご覧下さい。わたくしはミロク教徒なのでございますよ」

「おお、そうなのか」

「はい。基本的には青のドーカスは決してひとのいのちはとらぬ、ということで評判をとっております。これはどの剣闘士に聞いていただいてもよろしゅうございます。ご覧下さい。ミロクのしるしです」

ドーカスは胸のところを開いてみせた。のどもとにさがっている小さな銀のペンダントは、確かにフロリーがしているのとまったく同じものだった。

「わたくしをひいきにしてくれている豪商というのも実はミロク教徒です。それならば話は早い、ミロク教徒の婦人が困っている、という話ですぐになんとか出来るよう考えて話をもっていってみます。いまのうちなら、誰の目もとまっていなければ、その親子だけそっと宮殿から抜け出させてそちらにかくまっても、逆に誰の注意もひいていなければ、誰ひとり気にするものはおりませんでしょう。そのいい加減なところがタイスのいいところでもあり、恐しいところでもあります。——いつのまにかひとが消えていて、もしかしたら台所で刻んで食われているかもしれないし、湖をこえて逃げのびているかもしれないのですが、誰も気にもしないのです」

「ふむぅ……大変なところなのだな。ここは」

「それはもう、陛下がお考えになっている以上に大変なところだと思いますよ」

ドーカスは苦笑した。

「わたくしも、これでもう三十二年、このタイスで生まれ暮らして参りましたが、そろそろここの暮らしはミロク教徒であることと、剣闘士として筋を通しつつ、おのれの理想を追い求めてゆくことと、そしてだんだん年をくって弱くなってゆくこととを考えると限界かな、と思っているところでございました。——といって、このようなことを申し上げるのは、陛下に取り入ろうとしてのことではございませんから」

「そのようなことは思っておらぬが——それにしても、気になるのは……」

グインが言いかけたとたんだった。

ドアがノックされた。通路に面したほうではなく、闘技場に面した控え室側のほうのドアだった。

「モンゴールのグンド」

　こんどは小姓ではなく闘技場の係が扉をあけて顔をのぞかせたが、《青のドーカス》を見ると、はっとしたような顔をみせた。

「これは、《青の剣士》どのではありませんか」

　むろん顔見知りであるのだろう。係の者は丁重だった。

「思いがけぬところで――グンドどのとは御昵懇でしたか。それはそれは」

「グンドどののほど素晴しい剣士とあってはな」

《青のドーカス》はそちらにうなづきかえした。

「いっそ弟子入りしたいほどだ。さきほど、紅鶴城の小闘技場で、一敗地にまみれたのだが、いっそ小気味よいほどの敗れかただったと思うぞ」

「なんと！」

　その話はまだ知らなかったのか、衝撃を受けたようすで係は叫んだ。

「それでは、グンドどのは、《青》《黒》《赤》のわがタイスの誇る三剣士までも総なめに？　それは大変だ。明日の読売りはもう大変な騒ぎ間違いなしだ。グンドどのはもう、タイスのすべての話題の中心になってしまう」

「何か、呼びにきたのではないのか」

　グインが苦笑していった。係は飛び上がった。

「おお、そうだ。モンゴールのグンド」

急に声をあらため、おもてもあらためて公式の顔になる。

「まもなく本日最後の試合が開始される。控え室にて待つように」

「わかった」

「待て、ナルダン。次の試合は、《白のマーロール》だな？」

ドーカスがきくと、ナルダンと呼ばれた男はうなづいた。

「さようでございます。青の剣士どの。それが本日さいごの公式試合に用意されております。それがすんだら、伯爵は城にお戻りになるようです」

「わかった」

係が出てゆき、ドアが閉まった。グインがゆっくりと立ち上がるのを、心配そうにドーカスは見上げた。

「陛下ならば万にひとつも間違いはございますまいが——くどいようですがマーロールにはお気を付け下さい。きゃつはこれまでの私たち三剣士のどれともまったく違います。《白のマーロール》のほかにも、《死神》《死の大天使》などとも渾名されておりますす」

「わかった。どう違うのか、楽しみにしていよう」

「豪胆なおかただ」

ドーカスは笑った。

「それでこそわが剣の主というべきかもしれぬ。――それではわたくしは、席からマーロールとの試合を楽しみに見せていただき――すみしだい、その豪商、ヨー・ハンというのですが、その者のもとにいってミロク教徒の婦人の一件を相談してみます。そのかたはなんというお名前ですか」

「フロリー」

「ミロク教徒のフロリーどの。わかりました。それでは、ご武運を」

「有難う。ドーカス」

「のちほどまたお目にかからせていただきます」

誰も見ておらぬのを確かめてから、ドーカスは、腰においていた短剣をぬいて胸のまんなかにたて、正式の、戦士が王にするいくつかの礼のひとつ、《君主への武の礼》をした。そして、会釈して足早に出ていった。

グインは、それを見送り、ゆっくりと小さな控え室のほうへ出ていった。なかなかに長い一日になることだ――グインは考えていた。

控え室に入って、いくらも待たぬうちに、ドアが闘技場の側から激しく叩かれた。

「モンゴールのグンド、出よ！」

さきほどとは違う声が叫んだ。グインは、うっそりと立ち上がった。まだ、さして疲れは感じていなかったし、若干の疲れもいま、ドーカスと話しながら休んでいるあいだにおおむね癒されてはいたが、なんとなく、このなりゆきそのものや、また闘技場で衆人環視のもとに戦うのだ、ということ自体にいささかのけだるさは感じていた。

（やはり、俺は、この快楽の都とはどうもうまがあわぬようだな……）

グインはひそかにそう考えていた。

もっとも、《青のドーカス》が教えてくれた情報のおかげで、《白のマーロール》にはいたく興味をそそられていたので、それについては、いったいどんな戦士なのか、何がどう魔剣なのか、見てみたい、という心持はとても強かった。グインはゆっくりと闘技場に出てゆきながら、その《魔剣》についてあれこれと考えていた。

グインが一歩闘技場にすがたをあらわしたとたんに、わあーっという異様などよめきがおきて、グインを多少鼻白ませた。知らぬこととはいえ、グインは、タイスでもっとも名高い剣士たちを三人、たてつづけにかるがると打ち破っていたのだった。それは確かに異例中の異例のことであったのだろうし、それで、タイスのものたちが、うわさがうわさをよび、さいごのひと試合にだけでも間に合うかもしれぬ、というので大急ぎですべての仕事や家業を放り出してかけつけてきたのかもしれぬ。

一歩出た瞬間に、グインをつつんだ歓声もあたりをどよもすような大歓声であったが、観衆の数も、最前の試合のときとは比べ物にならなかった。巨大な闘技場の観客席が、さきほどは半分埋まっていなかったのに、いまは、ほとんど満員に近いくらいに、どの席も埋まっていた。どれほど、タイスでこの闘技がひとびとの興味と関心の中心となっているかをあらためて示すかのように、老若男女取り混ぜた大群衆が、グインの仮の名を呼び、手をふって歓呼していた。すでに、その前に観衆の前でみせた二つの試合によって、おのれがタイスの新しい英雄になってしまっていたことを、グインは知った。

それは、なかなかにグインの目的には当惑させられる事実ではあったが、しかし、いまの場合はグインはあまりそのことで心を悩ませているひまもなかった。すでに、闘技場の四角いリングの上には、今回の、さいごの対戦相手がゆらりと立っていたのである。

観客たちの歓呼のなかには、グンドを呼ぶだけではなく、「マーロール！　マーロール！」と対戦相手を呼ぶ声も激しく続いていた。観客の興奮は頂点に達しているかのようであった。

グインは非常な興味をもって相手を観察した。たしかに、これまでとはまるきり違う相手であった。ゆらりとそこに、すでにその闘技場のまんなかの四角い小高い丘の上に立っているのは、すらりとして、長身の、だがガドスやゴン・ゾーに比べれば、まったく小柄とさえいっていいくらい、ひとなみよりはやや長身だというだけの、世にもふしぎな人目をひきつける若者であった。

長身でほっそりとしている。そして、おそろしく人目をひきつけるそのすがたをひと目見さえすれば、かれがなぜ、《白のマーロール》なのかはたちまちわかった。かれは、見るもあざやかな、純白の、腰までもある長い髪の毛をしていたのである。

その、はっとするほど、神々しいほどに白い銀髪というもおろかなゆたかな髪をふわりとなびかせ、かれは頭に革の戦士の輪もはめていなかった。髪の毛をまんなかより少し左よりでわけてただふわりとなびかせているだけで、そのゆたかな髪の毛をまとめてもいない。一瞬、白子か、とグインが思ったほどに、顔の色も白かった。肌はパロの貴族の女性のように白かったが、白子ではない証拠には、その目はあやしく冷たいさえざえとした青緑いろであった。

きわめて美しいといっていい青年であったが、同時になにか、いうにいわれぬ不吉なものが漂っていた。かれが《死の大天使》と渾名されている、というのも、ひと目で納得できるような感じであった。

なかなか端正、といっていい顔立ちであったが、その青緑の、宝石のようにきららかな瞳は冷たく、そして酷薄そうであった。少女のようになまめかしいバラ色のくちびると、冷酷な、ノルンの海のようなひとみのきらめきとが奇妙なアンバランスな印象をかもしだしている。そのゆたかな白い長い髪の圧倒的な印象をさらにきわだたせるためのように、かれはこれまでのどの剣士ともまったく違う、白い長いゆったりとした、腰のところでサッシュで結んである膝までのトーガを身にまとい、腰に剣帯をつけてレイピアを吊っていた。その上に、前にゆったりとたぐまって両肩でとめ、背中に垂れている腰をおおうくらいの長さの白いマントまでも身につけていた。トーガの下は白いぴったりとした足首までの足通しに革のサンダルで、それもまた、クムの衣裳にしだいに見慣れてきた目にはおそろしく異国風なものにうつった。といっても、グインには、それがいったいどこの国のものだとも、見分けはつかなかったが。

ただ、それがとても異国的である、ということだけはわかった。首にはそのほかに、銀の鎖のさきに何かあやしげな飾りものがついているものまでかけており、そして耳にはきらりと赤い耳飾りが光っていた。美しかったが、なんとなく、妖しい白い蛇のような感じをあたえる青年であった。

ひどくほっそりとしているので、このからだで、どうしてタイスの四剣士の一人、とまで名をはせることが出来たのかと驚くほどだ。だが、グインは油断しなかった。すでにそこにゆらりと立っているそのすがたを見ただけで、そこからたちのぼる鬼気とも、殺気とも、瘴気ともつかぬあやしい妖気に、このあいてがこれまでで一番重大な相手なのだ、ということはよくわかっていた。

(確かに、ドーカスのいうとおりだ……これは、これまでの……どの剣士とも違う……まだ、何がどう違うのかまではわからぬが、ただ違うのは確かだ)

ちょっと見た目だけでいうのだったら、おそらく、誰ひとりとして——この広大な闘技場の見物席を埋めている観客の誰ひとりとして、この華奢でさえあるほっそりとした若者が、目の前に立っている巨大な豹頭の勇士に、ほんのちょっとでも匹敵できよう、などと考えるものはいないだろう。

あまりにも、その体格は、グインに比すべくもなく華奢であったし、当然膂力も、筋力も、かなうべくもないはずだとしか思われない。あのたくましくほとんどグインに匹敵するほどの上背や横幅のあったガドスやゴン・ゾーさえもがあっさりとグインに敗れ去ったのだ。ガドスなどは上半身だけでいえばグインよりもはるかに逞しかったのである。だがいま、目の前に立っている青年は、一見しただけではこれがそんなタイス最強の戦士のひとりだ、などとは想像もつかぬほどにあでやかで、妖しく、そして弱々しげだった。

白い髪の毛の色合いのせいもあるのかもしれぬが、なんとなく、風にもたえぬほどにかよわいような印象さえもあたえる。その青緑の目の酷薄な印象さえなかったら、かれがグインに挑む、などというのはとてつもない暴挙としか思われなかったに違いない。

「なるほど、でかいな」

ゆっくりと闘技場のまんなかにのぼってきたグインをじっと見ながら、《白のマーロール》がはじめて口をきいた。声も、すがたにふさわしい、いくぶん高い、だが冷たい感じのよくとおる声であった。

「何を食ってそんなにでかくなったのだか、知りたいものだな、蛮人。——その茶番のヒョウあたまで隠しているのは、どんな顔なのだ？　お前、何か、その顔をどうあっても隠さなくてはならぬ理由があるのだろう」

「………」

グインは、黙ったまま、じっと《白のマーロール》を見つめていた。魔剣、というドーカスのことばがひどく耳にこびりついていた。それで、いつもにも増して警戒をおこたらなかったのだ。

「どうした、その豹頭は、口がきけぬのか？」

マーロールがかすかに、バラ色のくちびるをねじまげて、邪悪な印象の微笑を浮かべた。

「なぜまた、ケイロニアの豹頭王を擬そうなどという、ばかげたことを考えついたのだ、蛮人？　そのでかい図体を利用して、豹頭王のまねごとをしようとたくらんだのか。——なぜ、そのような茶番をする。云ってみろ。何も云えぬのか。お前は口がきけぬのか？」

「まねごとをしようと思ったわけではない」

グインは静かに答えた。マーロールの目が細くなった。

「ただ、旅芸人として、豹頭王に扮して諸国をまわっていただけだ。ここにこうして連れてこられたのは、タイス伯爵が強引に俺を剣闘士に仕立てられただけのこと。俺は本来旅芸人で擬闘をしていただけの男だ」

「だが、《赤のガドス》を再起不能にし、《黒のゴン・ゾー》を、すべてを賭けていた今度の大会に出場出来なくしたほどの使い手なのだろう。なるほど、その動きをみていれば、そのでかい図体のくせにずいぶんと敏捷だということもわかる」

マーロールが云った。闘技場のまわりのすり鉢型の観客席を埋め尽くしている客たちの口から、両者の名をよび、激突を期待する、怒号のような叫び声があがっていることを、気にするようすもなかった。

まるで、どこかの宮廷のサロンで話している貴族ででもあるかのように、マーロールはこともなげに話していた。その青緑の目が、だが、細められたまま、じっとグインの動きを観察していることを、グインはちゃんと感じとっていた。グインもまた、同じように、じっとマーロールの動きを観察し、どこからどうかかってくるか、どのような切り札を持っているのか、どんな動きをするのかと一瞬も油断することなく見つめていたからである。

「それに、そんなにでかいのに、そんなに筋肉が柔らかそうだというのも、信じがたいほどだな。あのガドスなど、あれだけでかいものだから、翻弄するのはとても簡単だった。やつは一度として僕に勝てたことがないのだ。——でかくて力が強くて、おのれの力の強さを誇っている、堅い筋肉のずくにゅう、などというものは、僕にとっては実にたわいもない相手なのだがな。お前は、これまでに見たこともないほど、でかい体格のくせに筋肉がやわらかい。どのようにして鍛えた？　どういう前歴を持っている？　どうして、それだけのわざをもちながら擬闘などして芸人暮らしなどに身をやつしていた？　お前、本当はもっとまったく違うことをしていたのではないのか？」

「ここでこのようにいつまでも喋っているために出てきたわけではあるまい」

グインは珍しくけわしく言い返した。ねっとりと白い蛇にからみつかれるような、マーロールのことばに、しだいに我慢ならなくなってきたのだ。

マーロールはふっと妖しく笑った。

4

「気の短い奴だ。——どうせなら、よく知り合ってから、試合をはじめたほうがいい、とは思わぬか？　僕はいつも、試合のときには、相手に沢山話しかけるのだ。どうせそのときしか知り合えぬ相手だし、試合が終われば相手は死んでいるからな。——だが安心しろ。今日は、お前は殺さぬ」

マーロールが、ゆっくりと、腰の剣帯に手をやった。

グインはなんとなく、白い蛇がカッと口をあけて牙をむきだした、というような感じをうけて、思わずあとずさった。恐怖からではなく、むしろ、嫌悪から——巨大な豹が首筋の毛をさかだてて鼻にしわをよせてうなるような、そんな反感であとずさったのであった。

マーロールはうす笑いを美しい口辺に浮かべながら、音もなくレイピアを抜きはなった。とたんに闘技場をつつむ観客たちが爆発した。

「マーロール！　マーロール！」

「死の大天使！」

「グンド、グンド！　モンゴールのグンド！」

双方の名を呼ぶ声が乱れとぶ。

「うるさいといったらありゃあしない」

マーロールがにっと赤いくちびるをゆがめてさらに明瞭に笑った。

「何ひとつ、この闘技場のまんなかにだけある生と死の神聖なはざまとはかかわりもせぬ、永遠の愚民どもめ。——かれらの前で、死の舞踏を踊ってみせるのが僕は好きだ。かれらは本当は死んでいるにひとしい。うわさにだけちらりときいたパロの魔宮廷、あれを一度でいいからかいま見てみたかったな。そうしたらもしかしたら、僕も何か、相似た魂を見つけることも出来たかもしれぬ。僕は孤独なのだ。この世で一番孤独で、一番すべてから切り離された魂——それが僕だ」

「………」

もう、グインは何も云わなかった。

何があってもいいように、するりと彼も大剣を鞘走らせ、右手にさげて立っている。一見だらりとしているかのようにみえるそのすがたは、たとえどこからどのようにこのあやしい白蛇が牙をむいてきても、ただちに応じられるだけの準備をととのえているのだ。

そのようすをマーロールは面白そうに、美しく冷たい青緑の目をきらめかせながら見た。

「愚民どもなどのためにやるのじゃない。僕はかれらの前であろうとなかろうと、ただおのれのためだけに踊っている。——何を話していたのだったかな。ああそう、今日はお前は殺さぬ、という話だった。モンゴールのグンド」

「………」

「そう、お前は殺さぬ。お前は、いまやタイス伯爵のたいそうな気に入りだ。《赤のガドス》と《黒のゴン・ゾー》と——《青のドーカス》さえも負かせたのだそうだな。確かに、それが本当ならお前はおそろしく腕がたつのに違いない。あのガンダルの馬鹿をだって倒すかもしれぬ。そのお前を、僕が傷つけてたおしてしまったとなったら、タイス伯爵はたいそうお怒りだろう。またしても、僕を権力で思いのままにしようとたくらむかもしれぬ。そうでなくても、僕がタイス伯爵のしとねにはべることをがえんじない、というので、伯爵はずっと僕に対してお怒りなのだ。いやなことだ——僕は剣闘士であって色子じゃない。むろん、望めば、僕に高いあたいをつけてくれた相手と寝てやらぬわけじゃない。だが、基本的にはそんなものには僕は興味はない。僕が興味があるのは、死と、流血と、相手の苦痛だけだ。——自分の苦痛には興味がない。僕は苦痛を感じない。快楽も感じないのだ。だから僕と寝たいと思っても、本当は無駄なのだがね。——

僕の魂は呪詛のなかに閉ざされている。だがタイス伯爵はそのことを認めまいとしている。なんとかして、僕をおのれの闇に引き込もうとしてやまぬのだ」

「…………」

「それがどうした、といいたそうな顔だな、豹人。――だが、まあ聞くがいい。僕はそういうわけで、これ以上タイ・ソン伯爵に借りを作りたくはない。それに僕はガンダルと戦うのはまっぴらだ、僕の得物はレイピアだし、それに、あんな野蛮な、南方の大灰色猿がたまたま人間になったみたいな奴と戦うのなど、真っ平ご免だからな。それは僕の美学が許さない。――だから、せっかくガンダルと戦ってくれるというお前のような奇特な馬鹿者を、僕がこの手で葬ってしまうわけはない。――そうだろう」

「…………」

ふいに――

グインは、奇妙なことに気づいて、はっとしていた。

だんだん、マーロールの青緑色の瞳が、グインの視野一杯にひろがってくるような錯覚が、グインをとらえている。

マーロールの声は、淡々としていて特に力がこもっているようにも思えないが、それでいて、そのたいらかに続くことばを聞いているうちに、グインは、だんだん、自分のからだが力を失って、金縛りのようになってくるような、そんなあやしい気分にとらえられていた。

(なんだ——なんだ。この感じは……)

(催眠術か——魔道か……?)

(気を付けろ。——こやつのこのお喋りはただ、油断させようとか……間をとろうとか、隙をはかるとか、そういうものじゃない……これは、まぎれもなく……)

(気を付けろ、グイン! すでに戦いははじまっているのだ!)

呪術だろうか——

なおも疑いながら、グインは、おのれを立て直そうとはかった。

マーロールの妖しい声はなおも淡々と続いている。その青緑の瞳はいまや、グインのトパーズ色の目をとらえてはなさない。

「そう、だから、僕はお前を殺さない。本当をいえば、僕はまた、いつでも、おのれの呪縛を解き放ってくれる人間を求めて生きてきたのかもしれない。僕は、はるかな以前にこの中原にやってきたときから、すでに呪縛された存在だった。だが、それはまた、僕そのもののやってきたふるさとから逃れるためのたったひとつの方法でも——」

マーロールの声がはたとやんだ。

「エエーッ!」

グインが、気合いもろとも、一気に、マーロールにむかって大剣をふりあげ、斬りかかっていったのだ。

グインから斬りかかったのははじめてであった。観客席が驚愕したらしく揺れた。まるで、空気を切ったかのようであった。マーロールは、ふわりとうしろにとんだ。白い長い髪の毛と、白い長いトーガ、そして白いマントがふわり、となびいて、マーロールのほっそりとしたからだのまわりに、あやしい白いもやを渦巻かせた。

「おや」

マーロールが笑った。

「ずいぶん、短気なんだね？　僕の話をきくのはイヤなのか？」

「きさまは……その喋りで何か……たくらんでいるな！」

グインは叫んだ。叫ぶことで、おのれの魅入られ、引き入れられそうになる心を目覚めさせようとした。

「魔道か？　きさま、何かいま……魔道か呪術か、そんなものを使っただろう！」

「魔道でも、呪術でもないいさ」

マーロールがくっと低く笑い声をたてた。

「だが、それに気づいたのは褒めてやろう。そうでなくば、最初の一撃ですべては終わっていただろうからな。――おのれが、僕に呪縛されつつあるということに気づいただけでも、お前はたいしたものだ。たいていのあいては、そのことさえ気づかないのだよ」

「きさまのその声……」

グインはもう一度、荒々しくステップして切り込んだ。またしても、風を切ったのと同じであった。素早く剣をかえして、今度は横になぎはらってみる。ふわりと太刀風にあおられるように、マーロールの細いからだが横にとんだ。

「その声に何かあるな！　奇怪なわざを使うやつだ！」

「凄い太刀筋だな」

マーロールが云った。その声は、なんと、うしろからきこえた。

はっとグインはふりむこうとした。だが、いったい、何がグインをひきとめたのかわからなかった——おそらくそれは、長年につちかわれた修練とすぐれた直感のたまもの、というだけだったのだろう。

「お前、いったい何者だ。——中原広しといえども、こんな剣士がひそんでいようとは、ついぞきいたこともなかった。モンゴールのグンド？　お前は、絶対、そんなものじゃないね！　そんな聞いたこともないものであってたまるか。お前は誰かおそろしく有名な、だがまだ僕が手合わせしたことのないどこかの国を代表する剣士が変装してその滑稽な豹頭をかぶっているんだろう。そうでなくては、僕の呪縛に一瞬で気づいたり——それにいまもだ……」

グインは歯を食いしばった。

声は、相変わらず、うしろからきこえてくる。だが、マーロールは前にいる。いま最初に声がうしろから聞こえてきた一瞬に、ふりむいていたら、その刹那にマーロールが前から切り込んできて、殺す気があればおのれののどもとをふかぶかと差し貫いていただろうし、殺す気がなくばそこでのどもとに剣をつきつけられ、勝負がついていただろう、ということも、グインにははっきりわかった。

（くそ――こやつ、世にも奇怪なわざを使う……）

「いまの太刀筋はちょっとしたものだったね？　あれをまともにくらったら、僕の細いからだなど、胴体がまっぷたつに切れて上と下にわかれてしまっていただろうよ。なんという剣だ――こんな剣士は見たこともきいたこともない。ガドスだの、ゴン・ゾーだの、ドーカスだのが、僕と並べられてタイスの四強だなどといわれているのを、いつも僕は片腹痛いと思っていたものだったが――」

今度は、声はなんと横からきこえた！

グインは歯を食いしばった。きかぬようにしよう、ただ目の見たものだけを信じようとしても駄目だった。マーロールの声には、何か不思議な――魔力、とさえいいたいような独特の聞かずにはいられぬひびきがあって、その上にそれはおそろしくよくとおって明晰だった。それゆえに、どうしても、その声のひびきに耳がとらわれてしまう。

（くそ……）

耳と目とが、まったく違う情報を伝えてくることに、グインの頭は相当にめんくらいはじめていた。まだ、マーロールは、その手にだらりとさげたレイピアを動かしてさえいない。ただ、風に吹かれるアシのように、白く、不吉に、ゆらりと立っているだけだ。

「やはり世の中というのは、広いものだね？　逆にまた、だからこそ、面白いともいえる。——僕はちょうど家で寝ていた最中でね——もちろん、一人ではないよ——そこに急にタイス伯爵の急なお呼び出しをいただいて、いったい何事かと思いながら、ふくれる愛人をなだめて、あわててお呼びの差し回された馬車で大闘技場へかけつけてきたのだが。——しかし、ここでまさか、こんな相手に出会うとは思わなかったよ。——お前、本当の名はなんというのだ？」

「………」

「**答えよ！**」

ふいに——

マーロールの声が、ぐんと耳をつきさすほどの大声になり、同時にすさまじい威力を増した。

グインは思わずあっと叫ぶところだった——だが、辛うじてもちこたえた。その刹那だった。

ふわり、とマーロールのからだが宙に浮くように思われた。

まるで、幽鬼のように——重さなど、まったくないかのように、その白いすがたがたかだかと宙に舞って、そして、ふわりと上からグインめがけて落ちてきた！

その刹那、白い髪の毛とトーガとマントとなにもかもが、銀色のレイピアを包みかくす保護色となった。

（ウワッ！）

叫びはしなかったが、グインは、いきなり目の前にレイピアの切尖が——本当に一瞬に目の前にあらわれてくるのを見た。グインを救ったのは、鍛え抜かれた反射神経のたまものというよりは、むしろ、ただの、獣のような生存本能のなせるわざだった。グインは、いきなりそのまま真後ろにばったりと倒れた——そのまま、もっとも早い方向、右まわりにからだをごろごろところがらせて、闘技場のリングの上からころがりおちた。

そのままだが、態勢を立て直して大剣をかまえつつ身をおこしたときには、ふわりと、マーロールが地面に降りるところだった。長い髪の毛とふわふわの生地のトーガの裾と、そしてマントとが、まるで白い巨大な鳥の羽根のように宙に舞ってから、ゆっくりとかれのからだのまわりに降りてくる。

「よくぞ、よけた」

青緑の瞳がまたたいた。

「僕のこの攻撃をよけたのは、お前がはじめてだ。――このタイスでは、もっとも僕に対して勝率がいいのは、《青のドーカス》だが、彼はどうしてもこの《飛鳥剣》にだけは勝てないんだよ。――これまで七回、彼をうち破ったのはいつもこの秘剣でだった。――もっとも、四強と呼ばれているような連中は、殺してしまうと賭け屋や小屋主がうるさいから、どこかから殺せという依頼がきておらぬかぎりは、僕は殺さないので、かれはまだ生きているけれどね。でも本当は、その第一回目でドーカスも、ガドスも、ゴン・ゾーも死んでいたんだよ。だから、僕はかれらのことは、四剣士でなどあるものか、三人の幽霊だ、と呼んでいるん――お！」

こんどは、マーロールのほうが、声をあげた。

地面に膝をつき、息をととのえながら相手の出ようをみている――とみせかけて、一気にグインが突っ込んできたのだった。マーロールはふいをつかれた。だが、驚くこともなくふわりとうしろにとんでグインの強烈な突きをよけた。

「突きできたか」

マーロールが笑った。

「お前、凄いね。――本当にただものじゃない。いまの突きときたら、まるきり、レイピアなみの速度だった。そのでかい大平剣をそれだけ軽々とふりまわされると、正面からぶつかったら、たぶん体力のない分、僕が分が悪いだろうな。へえ――本当に、世の中は広いんだな。こんなやつもいるんだということを、僕は今日はじめて知ったよ。……生きているというのは、これだから、なかなかのぞみを失うにはあたらぬものだな。いつでも、もう終わりかと思っていると、思いもかけぬときに、のぞみがかなうこともある――僕の望みを知りたくないか？」

「ィエーッ！」

すさまじい気合いが、グインの答えだった。

グインは再びマーロールめがけて突進した。マーロールがふわりとそのグインの剣を、よけるかわりにその上に飛び上がり、飛び越した。

「冗談じゃない」

マーロールがいう。

「この剣をまともにくらったら、内臓が全部飛びだしてしまいそうだ。――ふううん、これならば――そうだねえ、本当にお前だったら、あのいやらしいガンダルだって倒せるかもしれないね。知っているかい？　ガンダルは、本当は、僕と戦いたがっているんだ。僕を倒して、僕を食いたがっているんだよ。僕を抱きたい、ということじゃない。それももちろんあるんだろうけれど、そうじゃなくて、文字どおり、僕の肉を食ってしまいたがっているんだ。あいつはおそろしい蛮族だからね。強い相手を食うとその強さが乗り移るといまどき本気で信じているんだ。だから、やつの特別の試合前の御馳走は人間のステーキだけだそうなんだが、それも、決して女は食べない。男しか食わないんだそうだ。呪われた人食いガンダルとみんなかげでは呼んでいるが、恐しいから決して当人に聞こえるところでは云わない。誰だって、次の御馳走になんか、されたくないものね。――それに、なにせクムの栄誉というべき英雄だものだから、タリク大公が、こよなく――それこそタイス伯爵が僕たちを大切にする何倍も大切にして、どんな希望でもきいている、というしね。――何回か、もちろん水神闘技会で会ったことがある。だが、とてもいやな目つきの男だよ……僕を見る目つきなど、とても耐えられないほどだ。無差別闘技があれば、あの目玉をえぐりだしてやるのだがと思うくらいだ。あの男に抱かれるのだけはごめんだな――そのくらいなら、ガブールの大灰色猿に何されたほうがまだましだ。ノスフェラスのラゴンだってまだあいつよりはマシだ――おっと」

ひらりとまた突っ込んできたグインを、マーロールはまたかるがるとよけたが、その瞬間、グインは間髪を入れぬ第二撃を連続攻撃で繰り出した。

「あ！」

するどい叫びがマーロールの口からもれた。こんどは、飛び退くだけのゆとりはなかった。よけきれず、とっさにレイピアをかざして受けたが、グインの力のこもった大剣の攻撃を、華奢な細いレイピアが受け止められるはずもなかった。

ぴしりとするどい音がした瞬間、マーロールのレイピアは、まっぷたつに折れて宙空高く切尖がとんでいった。ワアアッ――と、大観衆の口から異様な怒号がおきた！

「マーロールが剣を折られたぞ！」

「はじめてマーロールが剣を失ったぞ！」

「大変だ。マーロールがやられる」

「グンド！　グンド！　モンゴールのグンド！」

「冗談じゃない」

マーロールはいきなり、上半分を失ったレイピアを、闘技場の土の上に投げ捨てた。そして、旗をあげかける審判にむかって何か激しい身振りをした。それはおそらく「戦闘続行」の合図であったらしく、審判はあげようとしていた旗をひっこめた。大歓声はますます激しくなる一方であった。

「すごいもんだねえ、本当に！」

マーロールの青緑の美しい目が、妖しい炎に燃え上がっていた。マーロールはいまや素手で立っていたが、臆したようすも、恐れたようすもなかった。そのゆたかな白髪は、銀色の怒りの炎となって、天を衝かんばかりであった。

「この僕の愛用のレイピアを折るとは！　お前、生きてこのタイスを出るのはもう諦めたほうがいいよ。――たとえ僕が許しても、僕の賛美者、崇拝者たちが許さないからね！――それにしてもたいした男だ。本当に、お前がレイピア闘技者じゃなくてよかったとしかいいようがない」

「…………」

「でも、まだ、負けたわけじゃない。このまま、剣を折られたままで負けては、僕の崇拝者たちが承知しないからな。僕の優雅な生活を支えてくれているのは、みんな僕の崇拝者たちだ。かれらにとっては僕はレイピアの魔術師であり、神様であり——死の天使であり、すべてなんだからね。そのせっかくの幻想を壊してしまうわけにはゆかない。ゆくよ、グンド！　今度は本気だ。殺してしまったらすまないが諦めてくれ。僕のレイピアを折ったのが運が悪かったと思ってね！」

いわせもはてず——

というよりも、どこからが、なにごともないかのようにそこに立って喋っていたのであり、どこからが、そうやってただ喋っているとみせかけながら、そのからだが宙高く舞い上がったのであるかは、まったくわからなかった！

マーロールのからだがふたたび、白い巨大な羽根に包まれた鳥と化して宙を飛んだ——

——

（…………！）

瞬間。

グインは、何がどうなるかわからぬながら、いきなり炎のように危険を察知した！

(来る——！)

レイピアを失ったマーロールがいったいどのような攻撃を繰り出してくるのかはまったくわからなかったが、グインは反射的に大剣をおのれの前にかまえた。一瞬、空中たかく舞い上がったマーロールの真後ろに、巨大な太陽がグインの目を灼いた。

「あッ！」

鋭くグインが叫んだとき、マーロールのからだが天から降ってきた！

「ウワッ！」

まさに、紙一重であった。

落ちてきたのは、はがねの刃としか思えぬ速度と危険をともなった凶器であったが、何がどうなっているかさえわからぬまま、グインはとっさにまた大地に身を投げ出してころがった。そのまさにグインの頭のあったところに紙一重で、ざくり、と鋭い音をたてて何かが大地に突き刺さった。それはなんと、マーロールのつまさきであった。足をひきぬくなり、マーロールがまた飛びかかってくるのを、グインはころげまわってよけた。その足さきがレイピアなど比べ物にならぬ凶器と鍛えあげられていること——その足先に突き刺されたらおそらくどれほど鍛え抜いたグインの腹でさえ、いっぺんに破れて内臓をはみださせるだろう、ということをグインはおぼろげに知覚した。だが、そのようなことはもう何ひとつ考えているいとまもなかった。

たてつづけにマーロールが襲ってきた。そのすさまじい蹴りをようやくかわしてグインが大剣を抱いたまま起き直ろうとする。だが起き直るひまもあたえまいとマーロールが迫る。こんどは、その足が真横にあがり、横あいからシュッ、シュッと空気を切る物すさまじい音をたてて蹴りが迫ってきた。

グインはかろうじて大剣を横にないだ。とたんにマーロールが飛びすさった。

「本当にきさまのような奴ははじめてだ」

ようやく、マーロールの呼吸がかすかに乱れ、その青緑の目に、驚嘆、といっていいものが宿っていた。

「僕の蹴りをかわして――飛鳥剣をかわしただけでなく、飛鳥蹴りもかわしたとは。――お前、本当にいったい何者なんだ？」

「俺はただの旅芸人だ」

グインは喘いだ。呼吸が荒くなっている。もう、大観衆のすさまじい絶叫にまでたかまった怒号を気にしているゆとりもなかった。

目の前で、マーロールが、ゆるやかに、見たこともない実に奇妙なかたちに両手と両脚を組み替えて構えるのを、グインは見た。左手を胸の前に、手首から先を曲げてかまえ、その前に右手がむしろ指さきは自分自身のほうにむけるようにして交叉している。

そして足も、左足一本で立ちながら、右足が外側にあがってからつまさきが左足の膝のあたりをめざすようにして曲がっていた。見たこともないあやしいかまえであった。グインは全身の筋肉を緊張させた。

「来いい！」

グインは激しく吠えた！

あとがき

栗本薫です。お待たせいたしました。「グイン・サーガ」第百十一巻、「タイスの魔剣士」をお届けいたします。

いやなかなか派手なタイトルですね（笑）それとともに、「もう、百十一巻という並び番までできてしまったのか」というのが、びっくりしますねえ（笑）去年の四月だったのですよね、あの「百の大典」は。それからまだ一年と八ヶ月しかたってないのに――といっても、二ヶ月にいっぺん刊行している以上、二十ヶ月たてば十冊出ているというのは理の当然なのでありますが……でもなんとなくやっぱりびっくりします。そうして、「百十一巻といえば、１並びの並び番だなあ」と思ったのが、はからずも、二〇〇六年の十二月に企画した「１１１巻記念企画・パロの大舞踏会」となりました。派手な舞台とかはいまの私ではなかなか出来そうもありませんが、でもこうしてささやかながらもなんらかの記念企画を続けていけるというのは、なかなかいいことですね。次は百二十巻でしょうか？　もっとも百二十巻というと、もうあと九巻だから、十八ヶ月できてしまうわけになるんですが……でも、百五十巻はだいぶ先だし、まあ、百二十巻あたりでもまたなにか、今度はもうちょっと軽く「パロのお茶会」なんてことをやったりしたら、それはそれで楽しいかなあ、なんて考えたりしています。今回の「パロの大舞踏会」は非常にハードな抽選となってしまって、選にもれてしまったかたにはとても申し訳なかったので、この次にはもうちょっと広い会場でもうちょっと気楽に集まっていただけるという趣旨のものもいいかなあ、などと思っておりますが……

にしても、このところのグインの展開はなかなか派手なものがありまして、ことにまあタイスにきてからでしょうね（笑）その前の「豹頭王の挑戦」もなかなかなものはありましたが、うーん、なんかもう百巻の坂をこえてさらに進んできたのか、と思うとなんかいまになってさらにしみじみしたりしてしまいますが……

でも、今回はまた、なんと申しましょうか、自分的には「すっごく少年ジャンプだったかも」などというとても妙な印象があったのですが（笑）私のなかには確実に、そういうのが好きな血、「男の子の血」ってのがありますねえ。やはり、「少年マンガで育ってしまった血」ってのがあって、「柔道一直線にシビれて講道館に通ってしまった血」なんてものが騒いだりするんでしょうね。あんまり女の子（爆）でこういうふうに、殺陣とかアクションとか、考えたい人はいないかもしれないなと思うのですが（当節はわかりませんけれどもね）私はもともとチャンバラ映画も好きだし、アクション映画も好きだし、でもって、昔は「忍法十番勝負」なんていうマンガがあったりして――いや、それ以前に「伊賀の影丸」とかですね。「仮面の忍者赤影」であるとか、時代小説でもやっぱりチャンバラもの、そういうのに、一方では少女漫画のロマンに胸ときめかせつつ、一方では少年サンデー、マガジン、キングのそういうアクションに血が騒いでいたという、そういう過去をなんとなく思い出してしまうような気がしました。っていったらあれですけれどもねえ。でも、なんかねえ。「戦う」というのって、ある意味好きでなかったら、やはり女ですからねえ。こういうものは書かないだろうなあ、と思うんですねえ。

一方では気が弱くもありますし、平和主義者であるはずだ、とは思うんですけれど、でもやはり少年マンガで育ったってのは拭いがたいんでしょうね。「戦う男の子」ってのはやはり好きです。当今「戦う女の子」、戦闘美少女ってやつがはやりましたが、あれは私はあんまり好きでありませんで、やっぱり「戦うのは男の子がいいよなー」って思うんですねえ。何よりも、美少女が戦う、というのって何かとても、勝っても負けても無残な感じがします。だから、やはり美少女ってのは、あまり弱いのはイヤなので、それなりに強い部分をもっててほしいけれども、やはり本来戦うのは男の子の役目であらまほしいな、と思う、というのはかなりコンサバなのかもしれませんが――といってリギアなんかちゃんと一応、おそれげもなく戦ってはいるんですけどね。考えてみると今回の混成チームっていうのは「戦う男代表」スイラン（グインはちょっとまた別格として）と「戦わない軟弱な男」マリウス、「戦う美女」リギアに、「まったく戦えない心優しい美女」フロリーという（「戦う幼児」スーティというおまけまでついてますが（笑）あれはまあ、パパがパパだからな……）なかなかにきっちりとヴァリエーションをおさえたチームであるような気がするな（笑）でもマリウスには「マリウスなりの戦い方」があり、リギアはリギアでちゃんと女らしい部分は持っており、そしてフロリーはフロリーでちゃんとやはり、「フロリーのおかれた場所においては勇敢で健気」であってほしい、と思ったりするわけです。

いまの日本は平和ボケといいまして、「戦う」というものにはそのくせ、K－1であるとか、ことのほか関心度は高く、でもじゃあ自分が戦う、ってことに関してはびっくりするほど軟弱な人達、ってのがたくさんいたりするわけなんですが、やっぱり「ある程度は自分の身は自分で護れないとなあ」というようなことを考えたから、私は女子講道館にいったのですけれどね。むろん生兵法はなんとやらですが――でも、講道館で実際に格闘技を体験し、ブン投げられたり、ひとをブン投げたり、ということを何年か実際に経験してきた、というのはたぶん、普通のまったくそういう経験のない女性がブッキッシュにだけものごとを想像して書くよりは、若干はリアリティはあるんじゃないかとは思っています。

講道館の稽古では最初に型があって、そのときには木刀を使って、真剣と素手で戦う型とか、短刀を素手で払いのけて投げつけるとか、関節をねじってキメるとか、そういうことをやります——というか、私が講道館に通っていたときにはやっていました。「自分のからだが自分の思うとおりに動くここちよさ」というのも、また、あるんですねえ。いまはまあ、まったくそれも夢のまた夢になってしまいましたが、女子講道館で一級を取得した当時には、私、まったく手を使わないでとびこんできて空中で宙返りしてひらりと立つ「一回転受身」とか、巴投げされてそのまま回転して立ち上がるとか、そういうこともばんばん出来たもので、「その感覚」は、まったくそういうことと無縁だった人よりは確実に残ってるのじゃないかと思う。いまでも、スポーツ音痴の私なのですが、「もしやるとすると、合気道やりたいな」「太極拳でもいいな」など、希望するのは格闘技系ばかりなんですね（笑）球技って、全然やろうと思いません。何というか「自分の身を守れる技術でないと意味がない」って思うんですねえ。むろんやっている人にとってはとても神聖で情熱を傾けるものであっても、球技とか、基本的にそれって私からみると「遊び」が競技化されたものと見えてしまうので……最近ちょっと興味もってるのが乗馬なんですが、乗馬とかバイクとか、ああいうのは本当はやってみたかった。以前はセスナの操縦したいなと思ったこともあるし——でもゴルフってのは本当に完膚無きまでに音痴、ってのも言い方おかしいけど、この世で一番駄目というか関心もてないスポーツがゴルフとサッカーなんだなあ。野球はけっこう嫌いでないってのは勝手っちゃ勝手っていうか、それ「巨人の星」以下の野球マンガのせいだけだともいいますが。「プロゴルファー猿」はどうだって？　あのころにはもう少年マンガ誌読んでなかったんですよねえ(^^;)

というようなことでなぜかずっとそういう話をしちゃいましたが、なんとなくここんとこは私、妙に「男の子の血」が踊ってる感じで楽しく書かせてもらっております。舞踏会もラブロマンスもいいいし、勇敢というより血みどろの戦闘と陰謀もいいし、魔道とあやしの魑魅魍魎もすごい好きなんだけど、これってこれまでにあんまりなかったパターンだったな、って感じで、「まだ、いくらでも、やることはあるんじゃないか」って感じで血わき肉踊ってます（笑）まあ、このまんまゆけるところまでいっちゃいたい気分です。

でもまあ、百十一巻まできて「あらたな楽しみ」を発見できるってのは本当に幸せなことですね。

最近はとにかく私、スーティ坊やがお気に入りなんですが（笑）今回はあまりというか全然出る幕なかったですが、次回はなかなか活躍すると思いますのでご期待下さい。早くこの子に食べ頃（爆）の美少年に育ってほしいものですが……それまではまだ十年以上あるんですねえ。先が長いなあ。このごろはもう酒も以前に比べたらほとんど下戸、といっていいくらい飲まなくなりましたし、かなり頭の病気も前よりは治ってきたので、それもすべてスーティの成人を見届けるためと割り切って（笑）精進してゆこうと思います。それにしても今回はまたまた久々にスゴイところで終わってるんですよね（爆）これもま「少年マンガ」の宿命でしょうか（笑）

ともあれ百十一巻までやってきました。「パロの大舞踏会」では久々に宮内良さんに登場いただくのですが、考えてみると「炎の群像」って「五十巻記念」ミュージカルだったのですねえ。それを思うと、そこを折り返し点とした地点さえもうとっくに踏み越えてしまったわけです。よーし、やるぞー（笑）って、この場合はいったい何を目指してるんだかよくわかりませんが（笑）ともあれ、作者ともどもお楽しみいただけると幸いです。

恒例の読者プレゼントは、永島かおり様、北脇華代様、佐藤充様の三名様です。

それでは、これが二〇〇六年度最後の「グイン・サーガ」になります。次の百十二巻が出るときにはもう二〇〇七年の二月ですね。ちょっと早いですが、では皆様、メリークリスマス＆ハッピーニューイヤー、よいお年をお迎え下さい。

二〇〇六年十一月六日（月）

神楽坂倶楽部 URL
http://homepage2.nifty.com/kaguraclub/

天狼星通信オンライン URL
http://homepage3.nifty.com/tenro

「天狼叢書」「浪漫之友」などの同人誌通販のお知らせを含む天狼プロダクションの最新情報は「天狼星通信オンライン」でご案内しています。

情報を郵送でご希望のかたは、返送先を記入し80円切手を貼った返信用封筒を同封してお問い合せください。

（受付締切などはございません）

〒108-0014　東京都港区芝4-4-10　ハタノビルB1F
（株）天狼プロダクション「情報案内」係

日本ＳＦ大賞受賞作

上弦の月を喰べる獅子上下
夢枕　獏
ベストセラー作家が仏教の宇宙観をもとに進化と宇宙の謎を解き明かした空前絶後の物語。

戦争を演じた神々たち［全］
大原まり子
日本ＳＦ大賞受賞作とその続篇を再編成して贈る、今世紀、最も美しい創造と破壊の神話

傀《く》儡《ぐつ》后《こう》
牧野　修
ドラッグや奇病がもたらす意識と世界の変容を醜悪かつ美麗に描いたゴシックＳＦ大作。

マルドゥック・スクランブル（全３巻）
冲方　丁
自らの存在証明を賭けて、少女バロットとネズミ型万能兵器ウフコックの闘いが始まる！

象《かたど》られた力
飛　浩隆
Ｔ・チャンの論理とＧ・イーガンの衝撃——表題作ほか完全改稿の初期作を収めた傑作集

珠玉の短篇集

北野勇作どうぶつ図鑑（全6巻）
北野勇作

短篇20本・掌篇12本をテーマ別に編集、動物折紙付きコンパクト文庫全6巻にてご提供。

五人姉妹
菅　浩江

クローン姉妹の複雑な心模様を描いた表題作ほか〝やさしさ〟と〝せつなさ〟の9篇収録

レフト・アローン
藤崎慎吾

五感を制御された火星の兵士の運命を描く表題作他、科学の言葉がつむぐ宇宙の神話5篇

西城秀樹のおかげです
森奈津子

人類に福音を授ける愛と笑いとエロスの8篇　日本SF大賞候補の代表作、待望の文庫化！

夢の樹が接げたなら
森岡浩之

《星界》シリーズで、SF新時代を切り拓く森岡浩之のエッセンスが凝集した8篇を収録

ハヤカワ文庫

著者略歴　早稲田大学文学部卒
作家　著書『さらしなにっき』
『あなたとワルツを踊りたい』
『豹頭王の挑戦』『快楽の都』
（以上早川書房刊）他多数

HM=Hayakawa Mystery
SF=Science Fiction
JA=Japanese Author
NV=Novel
NF=Nonfiction
FT=Fantasy

グイン・サーガ⑪

タイスの魔剣士《まけんし》

〈JA872〉

二〇〇六年十二月十日　印刷
二〇〇六年十二月十五日　発行

（定価はカバーに表示してあります）

著者　栗《くり》本《もと》薫《かおる》
発行者　早川浩
印刷者　大柴正明
発行所　株式会社　早川書房
郵便番号　一〇一 - 〇〇四六
東京都千代田区神田多町二ノ二
電話　〇三 - 三二五二 - 三一一一（大代表）
振替　〇〇一六〇 - 三 - 四七七九九
http://www.hayakawa-online.co.jp

印刷・株式会社亨有堂印刷所　製本・大口製本印刷株式会社

ISBN4-15-030872-1 C0193